KB072709

리턴 레이드 헌터

FUSION FANTASTIC STORY

인기영 장편소설

Return Raid Hunter

리턴 레이드 헌터 6

인기영 장편소설

초판 1쇄 찍은 날 § 2016년 2월 2일
초판 1쇄 펴낸 날 § 2016년 2월 11일

지은이 § 인기영
펴낸이 § 서경석

편집책임 § 이창진

펴낸곳 § 도서출판 청어람
등록번호 § 제387-1999-000006호
등록일자 § 1999. 5. 31
어람번호 § 제1-2348호

주소 § 경기도 부천시 원미구 부일로 483번길 40 서경B/D 3F (우) 14640
전화 § 032-656-4452 팩스 § 032-656-4453
http://www.chungeoram.com
E-mail § chungeorambook@daum.net

ⓒ 인기영, 2015

ISBN 979-11-04-90630-5 04810
ISBN 979-11-04-90450-9 (세트)

FUSION FANTASTIC STORY
인기영 장편소설

6

리턴 레이드 헌터

Return Raid Hunter

리턴 레이드 헌터

Return Raid Hunter

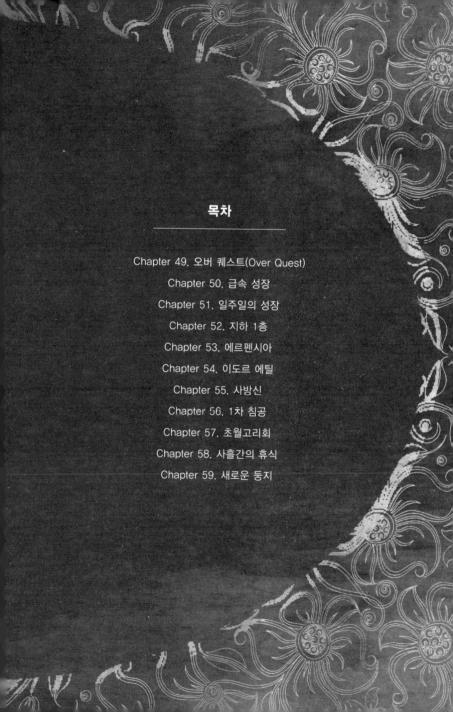

목차

Chapter 49.

오버 퀘스트(Over Quest)

Return Raid Hunter

화이트 뱅을 걸치고 강철화를 극한까지 끌어 올린 이건이 성난 야수처럼 전장을 누볐다.

그 광경을 보고 있던 유지광도 피가 끓었다.

사실 유지광은 자신의 일에 엄격해서 함께 일하는 밑 사람들에게만 호랑이 같은 인물이었지, 평소에는 얌전한 성격이었다.

불화와 분란을 싫어해서 한 번도 안면 없는 사람과 시비가 붙거나 싸웠던 적이 없었다.

한데 마스터 콜을 이용하면서 그랬던 그가 변했다.

처음 빅랫을 검으로 벴을 때의 쾌감!

그것으로부터 변화가 시작됐다.

겉으로 드러내지는 않았지만 유지광은 누구보다 전투를 즐기게 되었다.

지금도 그랬다.

사실 이건보다 먼저 나서 달토르만을 해치우고 싶었다.

하지만 꾹 참았다.

마치 살육을 즐기는 것 같은 모습을 보이기 싫었기 때문이다. 지금도 속에서는 난 살생을 즐기는 사람이 아니라고 외치는 소리가 들렸다.

하지만 그 소리는.

"무형검!"

눈에 보이지 않는 한 자루의 무형검을 잡는 순간 묻히고 말았다.

유지광이 이건의 곁을 지나치며 무형검을 크게 휘둘렀다.

무형검은 고무줄처럼 늘어나 다른 모험가와 싸우고 있던 달토르만 세 마리의 목을 두부처럼 썰어버렸다.

서거걱!

크르륵!

그러자 유지광의 왼쪽 손등에 3이라는 붉은 숫자가 나타났다.

그때 유지광의 후방에서 달토르만 한 마리가 기습을 했다.

크와앙!

섬뜩한 포효와 함께 휘두른 달토르만의 날카로운 손톱이 유지광의 몸을 조각내려 했다.

한데 그때.

"아이스 캐논(Ice Cannon)."

서늘한 음성이 깔리며 강력한 얼음 덩어리가 대포알처럼 날아들어, 달토르만의 머리를 가격했다.

콰앙!

크륵!

유지광을 노리던 달토르만은 머리가 터져 즉사했다.

유지광이 설열음에게 엄지손가락을 치켜세웠고, 설열음은 무시했다.

그때 죽어버린 달토르만의 시체를 지켜보던 김기혜가 고개를 갸웃거렸다.

"얘네는 링도 마나 하트도 안 주네요?"

그녀의 곁으로 다가온 장도민이 이거 한 대 확 쥐어박아? 하는 표정으로 악을 썼다.

"머리는 장식으로 달고 다녀?! 엉?!"

"깜짝이야! 왜요!"

"얘네들은 마스터 콜에서 레모니아인가 뭔가 하는 여자가 만든 것들이 아니잖아! 진짜 다른 행성에 사는 것들인데 링이나 마나 하트를 주겠냐!"

"아, 그렇구나."

김기혜는 그제야 상황을 이해했다.

그러고 보니 주변에는 달토르만의 시체들이 여기저기 널브러져 있었다.

한데, 몇몇 모험가들이 전쟁은 뒷전으로 두고 그런 달토드만의 시체를 뒤적이는 광경이 눈에 들어왔다.

그들은 달토르만의 배를 갈라 손을 집어넣어 무언가를 꺼내 챙기고 있었다.

김기혜는 스토어에서 산 서적을 통해 익힌 능력 중 하나인 축지법을 이용해, 그 모험가들 중 한 명에게 다가갔다.

족히 50미터는 떨어져 있던 거리가 김기혜의 발걸음 한 번으로 사라졌다.

"지금 뭐 해요?"

"헉!"

곁에 누가 오는지도 모른 채 시체를 뒤지는 데만 열중했던 모험가가 엉덩방아를 찧었다.

금발에 벽안을 지닌 것이 지구로 친다면 영락없는 아메리칸 뷰티였다.

하지만 지구인은 아니었다.

이마에 눈이 하나 더 달려 있었고, 복장도 흔히 볼 수 없는 스타일이었다.

무엇보다 사용하는 언어가 달랐다.

물론 언어의 차이는 마스터 콜의 모험자 사이에 아무런 장애가 되지 않았다.

자동 해석되어 들리기 때문이다.

"뭐냐?"

말을 하며 사내는 황급히 달토르만의 시체에서 무언가를 꺼내 주머니에 감추려 했다.

이를 김기혜가 얼른 손을 뻗어 낚아채 빼앗았다.

실로 눈에 보이지도 않을 만큼 빠른 속도였다.

그 역시 서적을 통해 익힌 소매치기 기술이었다.

"뭘 숨기려고? 호오~ 이거 마나 하트네?"

"내, 내놔!"

사내가 김기혜에게 달려들었지만, 김기혜는 축지법으로 가볍게 피했다. 그러고서는 달토르만을 도륙하는 어스 뱅가드 멤버들에게 달려가며 소리쳤다.

"꺄악~ 호외요! 호외! 달토르만의 몸 안에 마나 하트가 있어요! 그것도 지금까지 얻었던 것보다 더 커요!"

"하압!"

그때 필사적으로 김기혜를 쫓아온 사내가 쌍검을 들고 그녀의 목을 베려 했다.

하지만 그의 검은 애초에 정한 목표를 벨 수 없었다.

"배리어!"

장도민이 배리어를 친 것이다.

서걱!

"끄억!"

배리어가 쳐지는 경계선에 서 있던 사내의 몸은 세로로 이등분되었다.

사내가 피를 뿜으며 쓰러졌고, 장도민의 왼손에는 −8이란 숫자가 생겼다.

"엉? 이거 뭐야! 조금전까진 2였는데!"

장도민은 달토르만 2마리를 잡아 2라는 숫자가 떠 있었는데 모험가를 죽였더니 −8로 바뀌었다.

페널티였다.

멤버들의 곁에서 모든 상황을 관찰하던 전율이 그들을 한데 모아 짧게 얘기했다.

"두 가지 새로운 사실을 여러분이 알아냈습니다. 하지만 모두에게 전달되지 않은 듯해 제가 대표로 정리해 드립니다. 하나, 달토르만의 시체 안에는 마나 하트가 있습니다. 마법을 사용하는 생명체의 몸 안에는 전부 이 마나 하트라는 것이 존재합니다."

실제로 달토르만은 육탄전만을 무기로 삼는 외계 종족이

아니었다. 그들은 화염 계열 마법을 사용하고 있었다. 그 최고 위력은 3서클 정도였으니 크게 위험하진 않았다.

하지만 사방에서 마법을 쏘아대니 넋 놓고 있다간 급소에 얻어맞고 비명횡사하기 딱 좋았다.

"두 번째, 외계 종족이 아닌 모험가를 죽이면 페널티로 마이너스 10점을 얻게 됩니다. 그러니 여러분을 위협하는 모험가가 아니라면 되도록 죽이지 않도록 주의하십시오."

"공부 끝났으니까 실습해야지?"

루채하가 초음속의 능력으로 전장을 누비며 바람의 칼날을 난사했다.

눈에 보이지도 않는 날카로운 바람의 칼날은 달토르만 여러 마리의 숨을 단번에 끊어놓았다.

이에 질세라 진태군도 화염 마법을 쏟아부었다.

"파이어 필드! 파이어 애로우!"

그는 회사 생활에서 눌러왔던 화를 늘 전투에서 풀어버리고 있었다.

그렇게 하고 나면 속이 조금 후련해지는 기분이었다.

지금도 화염 마법에 픽픽 나가떨어지는 달토르만들을 보니 저도 모르게 입꼬리가 말려 올라갔다.

그 광경을 보며 장철수가 혀를 찼다.

"쯧쯧. 살아 있는 거 죽이면서 웃는 놈이 미친놈이지, 저게.

에잉. 아고~ 맞나다."

장철수는 주변에서 달려드는 달토르만의 생령을 흡수하며 혀를 찼다.

장도민은 이서진과 환상의 콤비네이션을 벌이고 있었다.

이서진이 중력 제어의 힘으로 중력을 강하게 만들어 달토르만 십수 마리를 땅에 납작 엎드리게 만들면, 장도민이 배리어로 놈들의 육신을 두 동강 냈다.

그렇게 하니 두 사람은 큰 힘 안 들이고 달토르만의 수를 팍팍 줄여 나갈 수 있었다.

조하영은 매혹의 힘을 십분 발휘하고 있었다.

이미 그녀의 앞에는 매혹에 당해 '조하영 친위대'가 되어버린 달토르만 스무 마리가 앞장서고 있었다.

그들은 동료 달토르만을 매섭게 도륙하는 중이었다.

조하영은 그 광경을 만족스럽게 바라보며 교태로운 웃음을 흘렸다.

"호호호! 좋아~ 계속 그렇게 해. 날 만족시키면 너희들이 갖고 싶어 하는 걸 줄 테니까."

조하영은 그 자체로도 색기가 충만한 여인이었다.

그녀의 웃음소리에 주변에 있던 다른 남성 모험가들의 시선이 일제히 흔들렸다.

그들은 전장이라는 것도 잊고 저도 모르게 조하영을 바라봤다.

몸매가 적나라하게 드러나는 블랙 미니 드레스에 블랙 하이힐을 신고, 검은 생머리를 찰랑거리는 그녀의 모습은 말 그대로 육감적이었다.

나올 곳이 나오고, 들어갈 곳이 들어간 여자는 충분히 많이 있다.

한데 모든 남자가 성욕을 느낄 만큼 매혹적인 곡선을 가진 여자는 그다지 많지 않다.

조하영의 몸매는 바로 그것의 완성형이었다.

그녀가 도도하게 한 걸음을 옮길 때마다 가슴과 엉덩이가 파문이 이는 호수처럼 조금씩 출렁였다.

그 또한 남자의 정욕을 있는 대로 건드려 놓았다.

"으악!"

조하영에게 정신이 팔린 모험가 한 명이 달토르만에게 머리가 뜯겨 죽었다.

그제야 정신을 차린 다른 모험가들도 다시 전투에 집중했다.

조하영은 그야말로 걸어 다니는 여신이었다.

마음만 먹으면 세상 모든 수컷을 매혹시켜 버리는 마녀가 따로 없었다.

견우리는 조중이 극에 달해 신나게 떠들면서 전장을 휩쓰는 중이었다.

"나 견우리! 개가 우리 밖으로 뛰쳐나오면 아무도 못 말려! 그래서 견우리야! 말리지 마~! 다 죽여 버릴 거야~ 아하하 하! 신나아!"

견우리의 손에는 바스타드 소드가 들려 있었다.

그것은 탐욕의 목걸이에서 얻게 된 아티팩트로 A—급의 명검 플레임 인젝션(Flame Injection)이었다.

귀속된 사용자의 능력치와 원소 저항력을 25퍼센트 업그레이드시켜 주고 휘두를 때마다 초고열의 화염이 분사된다.

뿐만 아니라 총 3단계까지 성장 가능하고, 그에 따라 보조 능력치가 업그레이드되는 건 물론, 새로운 기술이 개방된다.

현재 플레임 인젝션이 가지고 있는 기술은 '볼케이노(Volcano)' 다.

검으로 땅을 찍으면 전방으로 폭이 10미터에 달하는 용암이 50미터까지 치솟는다.

모든 어스 뱅가드 멤버가 각자의 능력을 발휘해 달토르만의 수를 빠르게 줄여 나가기 시작했다.

전율은 처음에 한 얘기대로 나서지 않고 멤버들을 엄호했다.

멤버들의 왼손에 적힌 숫자는 계속해서 덩치를 불렀다.

그러다 장철수가 가장 먼저 100을 찍었다.

"아이고~! 다 잡았다! 퀘스트 완료여!"

만세를 부르는 장철수.

그의 앞에 새로운 창 하나가 떴다.

―퀘스트를 완료했습니다. 복귀하시겠습니까?
[예/아니요]

"응? 문 같은 거 안 나오는 거?"

이곳은 던전이나 필드가 아니라 실제 외계 종족이 사는 페로모나 행성이다.

퀘스트가 완료되었다고 해서 주변의 적들이 장철수를 공격하지 않는 건 아니다.

눈앞에 뜬 창의 '예' 버튼을 눌러야 그의 몸이 다시 마스터콜의 가상공간 속으로 이동된다.

장철수가 어리둥절해하는 사이 달토르만 두 마리가 앞뒤에서 그를 공격했다.

"어딜!"

장철수는 달토르만의 생령을 상당히 흡수했기 때문에 그들의 능력인 화염 마법을 2레벨까지 구사할 수 있게 되었다.

장철수가 놈들의 공격을 피하며 훌쩍 뛰어올라 양손으로한 놈씩 겨냥하고 파이어볼을 난사했다.

장철수는 달토르만의 능력을 고스란히 흡수한 것이기 때문에 시전어 없이도 그들처럼 마법을 시전할 수 있었다.

콰콰콰쾅!

파이어볼 여덟 발이 두 마리의 달토르만의 정수리에 각각 네 발씩 작렬했다.

달토르만의 머리가 보기 힘하게 터져 나갔다.

그때 바닥에 착지한 장철수의 왼 손등에 숫자가 100에서 102로 바뀌며 파란색으로 변했다.

동시에 또 다른 창이 떠올랐다.

—오버 퀘스트(Over Quest)가 발동했습니다. 오버 퀘스트는 기존에 주어진 퀘스트 이상의 성과를 보였을 경우 그 결과치에 따라 상응하는 보상을 추가로 지급하는 시스템입니다. 오버 퀘스트에 도전하시겠습니까?

[예/아니요]

"엥?"

장철수가 뒷머리를 긁적이며 눈을 꿈뻑꿈뻑거렸다.

"오버 퀘스트? 이게 뭐여?"

뭔지는 모르겠지만 보상을 추가로 지급한다니 나쁜 것 같지는 않았다.

어차피 때려잡아야 하는 나쁜 놈들도 그다지 강한 편은 아니었다.

장철수는 '예' 버튼을 꾹 눌렀다.

"옛다~ 모르겠다! 못 먹어도 고여!"

[오버 퀘스트가 시작되었습니다. 장철수 님께서 섬멸하는 달토르만의 수에 따라 그에 상응하는 보상을 추가 지급합니다. 하지만 그 전에 죽임을 당하면 이미 완료한 기본 퀘스트도 실패 처리됩니다.]

"뭐, 뭐여?! 그런 얘기는 없었잖여, 이 썩을 넌아!"

[오버 퀘스트는 모든 달토르만을 섬멸했을 때 종료됩니다.]

그 말에 장철수가 하늘을 올려다봤다.

'7,542'라는 숫자가 보였다.

남은 달토르만의 개체수였다.

여전히 전장의 뒤편에서는 계속 석실이 나타나며 모험가들이 소환되는 중이었다.

"니미럴! 이러나저러나 외계인 놈들한테 죽는 일은 없을 테니 괜찮겠지!"

장철수가 마음을 다잡고 달토르만을 다시 상대해 나가며 소리쳤다.

"다들 나만 두고 가버리면 안 되는 거! 오버 퀘스트 같이 하더라고!"

"오버 퀘스트?"

마침 백 마리의 달토르만을 죽인 장도민이 퀘스트를 종료하려다 고개를 갸웃거렸다.

그때 달토르만 한 마리가 설열음의 후방을 노리며 달려들었다.

장도민은 전광석화처럼 배리어를 전개해, 달토르만의 허리를 끊어놓았다.

그러자 장도민의 손등에 있는 숫자가 101이 되더니 파란색으로 바뀌었다.

이어 그에게도 페이의 음성이 들려왔다.

—오버 퀘스트(Over Quest)가 발동했습니다. 오버 퀘스트는 기존에 주어진 퀘스트 이상의 성과를 보였을 경우 그 결과치에 따라 상응하는 보상을 추가로 지급하는 시스템입니다. 오버 퀘스트에 도전하시겠습니까?

[예/아니요]

그제야 장도민은 장철수가 말한 오버 퀘스트가 무엇인지 알 수 있었다.

장도민은 당연히 '예'를 눌렀다.

그러자 오버 퀘스트에 대한 자세한 설명이 이어졌다.

모든 걸 다 듣고 난 장도민은 어스 뱅가드 멤버들에게 이에 대해 알려주었다.

멤버들은 장도민의 얘기를 듣고서 퀘스트를 끝내지 않고 전부 백 마리 이상 달토르만을 잡았다.

그리고 모두 오버 퀘스트에 돌입했다.

아직 퀘스트를 끝내지 못한 건 전율뿐이었다.

전율이 지금까지 사살한 달토르만은 단 한 마리도 없었다.

그러나 백이라는 숫자는 전율에게 아무것도 아니었다.

전율이 허리에 차고 있던 이슈반을 꺼내 들었다.

검술에 대해서 한 번도 배운 적이 없지만, 그의 머릿속엔 이슈반이 각인시킨 검술이 존재했다.

그것은 체득의 형태로 몸에도 작용했다.

"놀아보자, 소환수들아."

전율의 말에 육미호가 입술을 핥았다.

"그 말을 얼마나 기다렸는지 몰라, 우리 주인~!"

육미호는 흥이 잔뜩 올랐다.

촤앙―!

열 개의 날카로운 손톱이 죽 늘어났다.

그녀가 달토르만 무리 속으로 헤집고 들어가 양팔을 크게 휘저으며 빙글빙글 돌았다.

그 모습이 마치 신명 나게 춤추는 무희를 보는 것만 같았다.

육미호의 춤사위에 그녀에게 달려들던 달토르만들이 조각 조각 났다.

"호호호호! 더, 더, 더! 아직도 조금 부족해! 더 많은 생기를 먹을 수 있게 해줘!"

육미호는 전장에 들어서고 난 이후부터 시체들의 생기를 줄곧 흡수해 오던 터였다.

생기는 계속해서 쌓였다.

이제 조금만 더 생기를 흡수하면 칠미호로 거듭날 수 있었다.

고지를 눈앞에 두고 있는 상황!

그때였다.

번쩍! 콰르릉! 콰르르르릉!

디오란과 위스프들의 번개 공격이 달토르만 무리에 일제히 작렬했다.

엄청난 번개 다발이 휩쓸고 간 자리에 달토르만의 시체 수십 구가 생겼다.

"어머~ 사랑해, 디오란!"

육미호는 좋아라 하며 달토르만들의 시체에서 생기를 빠르게 흡수했다.

그러다 한순간 그녀의 움직임이 멎었다.

"아… 나, 느꼈어. 왔다구."

육미호가 입꼬리를 말아 올렸다.

순간 육미호의 몸 안에서 엄청난 에너지가 분출되었다.

그것은 그녀의 주변에 강렬한 폭풍을 만들어냈다.

콰카카카카카—!

폭풍의 눈에 서 있는 육미호는 세상 누구보다 평안해 보였다.

육미호의 몸에서 빛 무리가 일어 사방으로 퍼져 나갔다.

이윽고 점멸하는 빛과 함께 폭풍이 잠식되었다.

고요함이 내려앉은 그 자리엔 일곱 개의 꼬리를 아름답게 흔드는 칠미호가 서 있었다.

그녀는 교교한 미소를 머금고서 말했다.

"기분 좋아."

"축하한다, 칠미호."

어느새 곁에 전율이 다가와 축하를 건넸다.

꼬리가 하나 더 생긴 칠미호는 요기가 전과 비교할 수 없을 만큼 커졌을 뿐 아니라, 색기도 훨씬 진해졌다.

칠미호의 몸에서 풍겨지는 유혹의 기운에 어스 뱅가드의 멤버들이 전투를 하다 말고 일제히 그녀에게 시선을 집중했다.

개중에는 조하영도 있었다.

"쟤 뭐니?"

조하영이 위기의식을 느꼈는지 현혹당한 달토르만 군단에

게 호위를 받으며 칠미호에게 다가왔다.

조하영도, 칠미호도 수컷을 유혹하는 데는 정점에 서 있는 이들이었다.

두 사람에게서 풍겨지는 색기가 어마어마했다.

"사람도 아닌 요괴 주제에 엄청 홀리고 다닌다, 너?"

칠미호의 앞에 가까이 붙어선 조하영이 먼저 선수를 쳤다.

"얼굴 아작 나기 싫으면 적당히 까불지?"

"그래, 내 얼굴이라도 아작 내야 네가 기 펴고 살지? 몸매부터 네가 많이 달리잖아."

"주인~ 저년 죽여도 돼?"

"우리 달토르만 애기들~ 시체 하나 더 봐야겠다?"

두 여인이 기 싸움을 벌였다.

그에 전율이 칠미호를 다그쳤다.

"칠미호. 쓸데없는 데 힘 빼지 말고 달토르만이나 사냥해."

장도민도 끼어들었다.

"야야! 조하영! 너 자꾸 삼천포로 빠질래!? 확 그냥!"

장도민의 호통에 조하영이 입을 삐죽였다.

"나만 잘못한 거 아니야, 오빠."

"잘못이고 나발이고, 전쟁하는 와중에 뭔 이상한 기 싸움을 하고 자빠졌어!"

조하영이 도끼눈을 하고 장도민을 노려봤다.

'율 리더는 원체 특이해서 그렇다 쳐도, 저 인간 진짜 정체가 뭐야?'

어스 뱅가드 멤버 중에서 조하영의 색기에 정신 놓지 않는 사람이 딱 둘 있었다.

바로 전율과 장도민이었다.

다 늙은 장철수와 얼음장같이 시크한 이서진도 조하영에게는 은근히 흔들리는 모습을 보였다.

그런데 장도민은 단 한 번도 조하영에게 혹하는 걸 본 적이 없었다.

전율은 그렇다고 치자.

처음부터 보통 인간이 아니라는 걸 알고 있었다.

하지만 장도민은 보통 인간이었다.

평범한 수컷치고 조하영에게 안 넘어오는 이는 여태껏 단 한 명도 없었다.

그래서 조하영은 장도민의 존재가 껄끄러웠다. 그리고 신경 쓰였다.

"오빠, 나 여태껏 그런 막말 들어본 적 없거든?"

"아유, 이거 진짜 확 쥐 뜯어버릴라! 이 상황에서 뭔 자존심을 세우고 있어! 빨리 달토르만이나 죽여!"

"하!"

조하영은 기분이 상할 대로 상했다.

그녀가 콧방귀를 뀌고서는 칠미호를 노려보았다.

"너 담에 봐."

"네 얼굴 또 보고 싶지 않은데 어쩌니~?"

조하영의 눈에서 번개가 튀었다.

하지만 뒤에서 장도민이 그녀를 노려보고 있었기에 더 싸우지 않고 물러났다.

칠미호가 승리자의 미소를 지으며 전율에게 매달렸다.

"나 잘했지, 우리 주인?"

"쓸데없이 시비 걸고 싸우지 좀 마."

"어머? 시비는 저년이 먼저 걸었는걸?"

"시비를 걸어와도 아군과는 싸우지 마."

"아군도 아군 나름이지. 저런 여우 같은 계집애는 딱 질색인걸."

"…그러는 너는 여우잖아."

"…어머?"

"얼빠진 소리 그만하고. 다시 사냥 시작해."

"알았어, 우리 주인~!"

그때부터 다시 어스 뱅가드 멤버들의 무차별 공격이 시작되었다.

전장에는 다른 모험가들도 많았지만 어스 뱅가드 멤버들의 화력을 도저히 따라오지 못했다.

이미 어스 뱅가드 멤버들은 전율의 서포트로 인해 무섭게 성장을 한 터였다.

그들은 11층 전장에 들어선 모험가들의 평균 능력치를 훨씬 웃돌았다.

전율도 비로소 움직였다.

그는 자줏빛 검 이슈반을 쥐고 달토르만의 진영 속으로 뛰어들어 칼춤을 추었다.

검이 잔상을 남기며 휘둘러질 때마다 달토르만 한 마리의 목이 어김없이 떨어졌다.

전율의 기억과 몸에 각인된 검술은 그를 검의 달인처럼 움직이게 만들었다.

서걱! 서거걱!

크르륵! 크륵!

전율에게 달려들던 달토르만들은 자신이 어찌 죽는지도 모른 채 토막 난 시체가 되었다.

전율이 발을 디디는 곳마다 붉은 피가 난자했다. 잘린 고깃덩이가 굴러다녔다.

전율의 공격은 점점 더 매서워졌다. 그리고 빨라졌다. 전장에 있는 어느 누구도 전율의 움직임을 눈에 담을 수 없었다.

전율은 한 줄기 질풍이었다.

달토르만 무리를 가로지르며 쉼 없이 검을 휘둘렀다.

그가 움직인 궤적을 따라 피가 강을 이뤘고 시체가 산처럼 쌓였다.

하늘에 떠 있는 숫자가 빠르게 줄어들었다.

전장에 있는 다른 모험가들이 해치우는 달토르만의 수보다 전율 혼자서 해치우는 수가 더 많았다.

오버 퀘스트에 진입한 지는 이미 오래전이다.

전율의 손등엔 파란색 숫자가 2,313을 넘어서고 있었다.

단 5분.

그 짧은 시간 동안 2천3백이 넘는 달토르만을 도륙한 것이다.

전율은 이렇다 할 기술도 사용하지 않았다.

그저 달토르만 한 자루만 휘두르며 전장을 누볐을 뿐이다.

한데도 그 위용이 다른 모험가들을 완벽하게 압도했다.

난생처음 전율의 실력을 본 어스 뱅가드 멤버들은 하나같이 혀를 내둘렀다.

이것이 그들의 리더라 불리는 사람의 실력이었다.

모두의 가슴이 두근거리며 뛰었다.

전율은 멤버들이 생각했던 것보다 더 대단한 인간이었다.

전율의 반경 1킬로미터가 완벽하게 초토화되었다.

다져진 달토르만의 시체로 인해 전장은 아수라장을 방불케 했다.

전율이 비로소 검을 멈추고 손등의 숫자를 살폈다.

3,456.

'그만해야겠군.'

하늘에 떠 있는 숫자는 이제 2,812밖에 되지 않았다.

전율은 나머지 달토르만을 다른 모험가들과 어스 뱅가드 멤버들에게 양보하기로 했다.

"오버 퀘스트를 완료하십시오!"

전율은 자신의 무위에 놀라 멍하니 있는 멤버들에게 소리쳤다.

그에 정신을 차린 멤버들이 달토르만을 상대로 이능력을 전개해 나갔다.

이미 열세에 놓인 달토르만들은 제대로 힘 한번 써보지 못하고서 우르르 죽어나갔다.

한데 그 와중에도 달토르만의 이빨에 목이 뜯겨 죽어나가는 덜떨어진 모험가들이 종종 있었다.

다행히도 그들은 어스 뱅가드 멤버들이 아니었다.

달토르만들은 계속해서 그 수가 줄어들었고, 끝내 하늘에 떠 있는 숫자는 0으로 바뀌었다.

그러자 페이의 음성이 들려왔다.

[모든 달토르만이 섬멸되었습니다. 데모니아의 세력 중 하나인 페르모나 행성의 외계 종족을 토벌 완료했습니다. 현재 전

장에 남아 있는 348명의 모험가 중, 백 마리의 달토르만을 죽이는 데 실패한 모험가는 126명입니다.]

"젠장! 처음부터 적들의 수가 너무 적었단 말이야!"
"그래! 이건 불공평해!"
여기저기서 퀘스트에 실패한 모험가들의 불평이 터져 나왔다.
하지만 페이는 냉정했다.

[남은 222명의 모험가 중 퀘스트에 성공한 모험가는 127명입니다. 나머지 95명은 오버 퀘스트에 돌입했고, 무사히 오버 퀘스트를 마쳤습니다.]

"좋았어!"
"해냈다, 오버 퀘스트!"
기본 퀘스트에 실패한 모험가들과는 달리 오버 퀘스트를 무사히 마친 모험가들은 축제 분위기였다.
어스 뱅가드의 멤버들 역시 마찬가지였다.

[우선 기본 퀘스트 보상을 지급해 드리겠습니다.]

기본 퀘스트 보상은 3만 링이었다.

그것은 기본 퀘스트를 클리어한 사람과 오버 퀘스트까지 클리어한 사람 모두에게 지급되었다.

[오버 퀘스트의 보상을 지급해 드리겠습니다. 보상 내용은, 100마리를 초과해서 잡은 달토르만의 수와 동일한 양의 마나 워터를 지급하는 것입니다. 마나 워터는 마나 하트에서 추출해 낸 마나 그 자체를 담은 것으로, 마시는 즉시 육신에 스며들어 모험가님들의 이능력을 강화시켜 줄 것입니다.]

페이의 말이 끝나자 오버 퀘스트를 마친 모험가들의 앞에 찬란하게 빛나는 동그란 물방울 같은 것이 나타났다.

그게 마나 워터였다.

마나 워터의 크기는 전부 다 달랐다.

모험가들이 달토르만을 잡은 수에 따라 마나 워터의 양도 달라지기 때문이다.

오버 퀘스트의 보상을 받은 모험가들이 신이 나서 마나 워터를 집어 들었다.

한데, 어디서 경악스러운 외침이 터졌다.

"으악! 저거 봐!"

모험가 한 명이 소리치며 검지로 어딘가를 가리켰다.

그곳엔 전율이 서 있었고, 전율의 앞에는 집채만 한 마나 워터가 두둥실 떠 있었다.

"진짜 미친 율 리더야."

장도민이 중얼거렸다.

첫 번째 오버 퀘스트가 종료되었다.

Chapter 50.
급속 성장

전장에는 오버 퀘스트를 완료한 95명의 모험가만 남아 있었다. 다른 모험가들은 퀘스트를 실패하거나 성공한 뒤, 전부 자기가 사는 곳으로 복귀한 이후였다.

95명의 모험가는 전부 마나 워터를 흡수하기 시작했다.

마나 워터는 입으로 먹는 게 아니었다.

그대로 몸 안에 스며들었다.

개중에는 고작 주먹만 한 마나 워터를 얻은 이도 있었다.

오버 퀘스트에서 추가로 잡은 달토르만의 수가 너무 적었기 때문이다.

어스 뱅가드의 멤버들은 전부 일반 모험가들의 평균보다 두 배 이상 큰 마나 워터를 획득했다.

그것은 힘의 차이가 얼마나 나는지 확연하게 보여주는 대목이었다.

물론 집채만 한 마나 워터를 가진 전율은 하늘 밖의 하늘이었다.

어스 뱅가드의 멤버들도 마나 워터를 흡수했다.

전율도 자신의 마나 워터를 몸 안으로 받아들였다.

맑고 쾌청한 기운이 파도처럼 몰아쳤다.

워낙 거대한 에너지를 한 번에 얻은 터라, 그것들은 전율이 제지하기 전까지 고삐 풀린 망아지처럼 몸 곳곳을 마음대로 돌아다녔다.

전율은 에너지를 컨트롤했다.

그러자 사방팔방으로 널뛰던 에너지들이 가슴께에 모여 겨우 얌전해졌다.

전율은 상태창을 열었다.

〈전율 님의 능력치〉

[오러]
랭크 : 6

성장도 : 57%

색 : 보라색

사용 가능 기술 : 오러 피스트(Aura Fist), 오러 애로우(Aura Arrow), 오러 피스톨(Aura Pistol), 오러 버서커(AuraBerserker), 오러 플라즈마(Aura Plasma)

[마나]

랭크 : 6

성장도 : 58%

사용 가능 기술 : 뇌섬(雷殲), 속박뢰(束縛雷), 뇌암(雷暗), 뇌호(雷護), 뇌전(雷電)의 창(槍), 뇌창(雷猖), 폭뢰(爆雷), 지뢰(地雷), 뇌격(雷隔), 뇌신(雷神), 벽력멸(霹靂滅)

[스피릿]

랭크 : 6

성장도 : 47%

사용 가능 기술 : 위압(危壓), 호의(好意), 지배(支配), 최면(催眠), 신안(神眼)

테이밍 가능한 생명체의 수 : 4/11

테이밍된 생명체 : 초백한, 칠미호, 디오란, 환

[착용 중인 아이템]

—마갑 데이드릭〈귀속〉 : S급 아티팩트. 제5형태. 600,000링을 흡수하면 성장함

—마검 이슈반〈귀속〉 : A+급 아티팩트. 각성 전. 68% 성장

*데이드릭 세트 효과 발동. 힘 10% 강화.

전율은 마나 워터를 오러에 80퍼센트, 마나에 20퍼센트를 주입하기로 했다. 스피릿에는 주입하지 않았다.

스피릿은 세 가지 능력 중 성장도를 가장 올리기 쉬웠다. 소환수들만 계속 소환해 두면 그만이기 때문이다.

그다음으로 쉬운 것은 마나였다. 마나 사이펀으로 얼마든지 성장도를 높일 수 있었다. 하지만 스피릿보다는 마나의 성장도를 올리는 게 더 힘들었다.

마나 사이펀을 할 때엔 아무런 일도 할 수 없다는 제약이 생기기 때문이다.

마지막으로 오러는 아직까지 자체적으로 성장도를 올릴 방법이 없었다.

전율은 유일하게 오러의 성장법을 알지 못했다.

그래서 마나 워터를 오러에 80퍼센트나 투자하기로 한 것이다.

전율은 우선 마나 워터에서 얻은 에너지 중 20퍼센트를 마나로 치환시켜 심장에 갈무리했다.

나머지 80퍼센트의 기운은 오러로 치환했다.

늘 그렇지만 외부에서 받아들인 오러의 기운은 쉽게 융화시킬 수 없었다.

단전에 있는 기존의 기운과 합쳐지지 못하고 반발하기 때문이다.

이 오러가 전율의 몸에 적응하도록 할 시간이 필요했다.

전율은 가부좌를 틀고 앉아 오러를 몸 곳곳으로 계속해서 휘돌렸다.

그렇게 두 시간 정도가 흐르고 나서야 오러는 더 이상 반발하지 않았다.

비로소 전율은 마나 워터로 얻은 오러를 단전에 갈무리할 수 있었다.

그러자 거대한 해일과도 같은 기운이 전율의 전신을 덮쳐 옴을 느꼈다.

전율은 짜릿한 희열 속에 몸을 떨었다.

그와 동시에 마더의 음성이 들려왔다.

[오러의 랭크가 7이 되었습니다. 오러의 힘으로 사용 가능한 모든 기술의 힘이 더 강력해졌습니다. 육신이 강화됩니다.

육신의 상태가 초인의 단계를 넘어섰습니다. 유전자의 일부가 재조합됩니다. 새로운 능력 '만독불침'을 체득했습니다. 이제부터 전율 님의 육신에는 어떠한 독도 통하지 않게 됩니다. 새로운 능력 '오러 바디(Aura Body)'를 체득했습니다. 전율 님의 전신을 은은한 오러가 경갑처럼 두르게 됩니다. 언제나 적용되는 지속 효과입니다.]

마더의 얘기를 듣고 전율을 조금 놀랐다.

오러가 6랭크에서 7랭크로 올라가니 육신이 초인의 단계를 넘어섰다. 그리고 새로운 능력들을 두 개나 얻게 되었다.

만독불침과 오러 바디.

둘 다 상당히 괜찮은 능력이었다.

외계 종족들은 별의별 녀석들이 다 있다.

앞으로 독을 사용하는 외계 종족과 붙게 될 일도 얼마든지 있을 것이다.

그럴 때 만독불침은 진가를 발휘하게 될 터였다.

오러 바디는 전율이 의식하지 않아도 항상 전신에 은은한 오러를 두르게 되는 능력이다.

강철도 두부처럼 잘라 버리는 게 오러의 힘이다.

그 오러를 몸에 두르고 있으니 어지간한 공격은 전율에게 작은 타격도 입힐 수 없게 된 것이다.

전율이 희미하게 미소 지으며 주먹을 꽉 말아 쥐었다.

이미 그는 오러에 있어서만큼은 미라클 엠페러 댄젤 존스의 경지를 넘어섰다.

마나는 아직 유지연과 동급이었고, 스피릿은 시저를 넘어섰는지, 동급인 건지 비교할 자료가 부족했다.

어찌 되었든 분명한 건 전율이 계속해서 빠르게 성장해 나가고 있다는 것이다.

전율이 마더에게 속으로 물었다.

'마더. 달토르만과 비앙느 종족의 전투력을 비교해 볼 수 있나?'

[가능합니다.]

'어느 쪽이 더 강하지?'

[비앙느족이 살짝 더 우위에 있습니다만, 매우 미세한 차이입니다. 실상 큰 차이가 없다고 할 수 있겠습니다.]

그 말에 전율의 미소가 짙어졌다.

달토르만을 상대하는 건 현재의 전율로서 일도 아니었다.

때문에 그와 수준이 비슷한 비앙느족이 1차 침공을 해온다면 최대한 지구인의 희생 없이 그들을 막아낼 자신이 있었다.

게다가 전율은 지금 혼자가 아니다.

그에게는 어스 뱅가드 요원들이 있었다.

지금은 그들에게만 모든 신경을 집중해서 제대로 키워내야 할 때인지라 전 세계에 퍼져 있는 다른 이능력자들을 포섭하지 않았다.

괜히 정신없이 덩치만 불렸다가는 어설프게 각성한 이들이 전쟁에서 죽을 수도 있었다.

외계 종족의 1차 침공이 얼마 남지 않은 시점에서 전율에게 필요한 건 소수 정예의 엘리트였다.

그들이 지금 11인으로 이루어진 어스 뱅가드 멤버들이었다.

그 정도만 해도 1차 침공은 충분히 막아낼 수 있었다.

1차 침공 이후에 2차 침공이 이어지기까지는 반년이라는 텀이 생긴다.

그 반년 동안 전율은 전 세계의 이능력자들을 포섭할 셈이었다.

"율 리더! 할 거 다 했으면 이제 돌아가야죠?"

갑자기 들려온 장도민의 목소리에 전율은 감고 있던 눈을 떴다.

그의 앞에는 11명의 어스 뱅가드 멤버들이 모여 앉아 있었다.

"아니, 가만히 앉아서 뭘 하는데 두 시간이나 잡아먹어? 지루해 죽는 줄 알았네."

장도민은 툴툴대면서도 그다지 짜증 난 기색이 아니었다.

다른 이들도 크게 불만이 없는 얼굴로 전율을 바라보고 있었다.

전율이 멤버들을 빠르게 훑어보고서는 물었다.

"왜 다들 귀환 안 하고 계십니까?"

그 말에 멤버들은 벙찐 얼굴이 되었다.

특히 이서진의 얼굴에서는 좀 전까지 볼 수 없었던 짜증이 가득 차올랐다.

그가 참지 못하고서 입을 열었다.

"다들 리더가 귀환하지 않으니 기다려 준 것 아냐. 어려도 리더라고 존댓말 꼬박꼬박 해줬더니, 개념 진짜 없네."

이서진의 까칠한 성격이 거침없이 터져 나왔다.

"맞아요, 율 리더! 우리들은 이렇게 율 리더를 존중하고 있다구요! 그러니까 다음 달부터 월급 올려주는 걸로!"

김기혜가 먹이를 노리는 독수리처럼 끼어들어 월급 인상을 요구했고.

"싫습니다."

바로 거절당했다.

"칫! 깍쟁이시네요."

루채하가 토라진 김기혜를 밀치고 나섰다.

"근데 율 리더. 두 시간 동안 가만히 앉아서 뭐 한 거예요?"

"마나 워터의 기운 중 80퍼센트가량을 오러로 치환했습니다. 하지만 외부에서 받아들인 오러의 기운은 제 안에 있던 기존의 오러와 반발을 일으키기 때문에……."

루채하가 얼른 손을 들어 올려 전율의 말을 막았다.

"그만! 더 들어도 모를 것 같네요. 하하하."

"그럼 이제 얼른 돌아가자고! 한바탕 움직였더니, 나 배고파 죽겠어!"

장철수가 귀환을 재촉했다.

전율이 가부좌를 풀고 자리에서 일어났다.

"그러도록 하죠. 한데……."

전율이 주변에 즐비한 달토르만 시체를 훑고서 물었다.

"다들 시체에서 마나 하트는 수거했습니까?"

"그럼 두 시간 동안 하는 일도 없이 기다리기만 했을까 봐?"

유지광이 씩 웃으며 대답했다.

어스 뱅가드 멤버들은 마나 워터를 흡수한 뒤, 일제히 시체들을 뒤지며 마나 하트를 수거해 복용했다.

의외로 마나 하트를 수거해 가지 않은 시체가 제법 많았고, 그 덕분에 어스 뱅가드 멤버들은 예상했던 것 이상으로 성장하게 되었다.

"재미있는 거 보여줄까요?"

장도민이 말미에 손가락을 딱 튕겼다.

그러자 그의 앞에 비비탄 알처럼 작은 크기로 똘똘 뭉친 무형의 기운들 수십 개가 나타났다.

일반인들의 눈에는 그것이 보이지 않았다.

하지만 전율은 보지 않아도 느낄 수 있었다.

그의 모든 감각은 오래전 초인의 경지에 들어섰기 때문이다.

"이게 뭡니까?"

"그 작은 에너지 덩어리 하나하나가 배리어예요."

"배리어?"

"배리어를 이런 식으로도 만들어낼 수 있게 된 거지. 그리고 더 재미있는 건."

장도민이 다시 한 번 손가락을 튕겼다.

그러자 작은 배리어들이 급격히 하강에 지면을 파파파팍!
뚫고 들어갔다.

"이런 식으로 공격을 할 수도 있다는 거죠. 마나 워터랑 마나 하트 잔뜩 집어 먹고 업그레이드한 거야! 이 기술은 배리어 미사일이라고 이름 붙였는데, 괜찮죠?"

"구려요."

묻기는 전율에게 물었는데 김기혜가 대답했다.

장도민이 죽일 듯한 시선으로 김기혜를 노려보았다.

그사이 전율은 배리어 미사일이 뚫고 들어간 바닥을 자세히 살폈다.

탄알 하나하나가 땅을 얼마나 깊게 파고 들어간 건지 그 끝이 보이지 않았다.

'대단하군.'

장도민의 배리어는 수백 톤의 충격을 견뎌낼 만큼 견고하다.

한데 그 배리어가 이번에 성장함으로써 더 단단해졌을 것이다.

때문에 배리어를 작은 탄환의 형태로 만들어 날려 버리면 목표물에게 큰 타격을 입힐 수 있었다.

'장도민뿐만 아니라 다른 이들도 크게 성장했겠지.'

전율은 가슴이 뿌듯해졌다.

데모니아의 지구 침공이 앞당겨진 건 씁쓸한 일이었지만, 그 외의 모든 것들은 전율이 바라는 대로 진행되고 있었다.

지금 가장 중요한 건 후회가 아닌, 대비다.

"그럼, 다들 돌아갑시다."

전율의 말에 어스 뱅가드 멤버들을 전부 귀환의 문으로 들어섰다.

모험가들이 모두 사라지고 난 달토르만 행성에는 더 이상 살아 있는 생명체가 존재치 않았다.

　귀환의 문이 사라졌다.

　달토르만은 사자(死者)의 행성이 되었다.

Chapter 51.
일주일의 성장

현실로 돌아온 전율은 시간을 확인하고서 조금 놀랐다.

마스터 콜에서 접속했던 시간에서 40분이 더 흘러 있었기 때문이다.

여태까지 마스터 콜은 그 안에서 얼마나 오랜 시간을 보냈든 현실에서의 시간은 단 몇 초 정도만 흐를 뿐이었다.

한데 지금은 마스터 콜에 접속해서 보낸 시간이 그대로 적용되어 흘러갔다.

이러한 현상을 눈치챈 건 전율뿐만이 아니었다.

"왜 마스터 콜에서 흐른 시간이 그대로 적용된 거지?"

이서진도 의문을 느끼고 전율에게 물었다.

하지만 전율을 선뜻 답을 내놓지 못했다. 그 역시도 이런 경우가 처음이었기 때문이다.

하나, 조금만 생각해 보니 답은 금방 나왔다.

"페로모나 행성은 마스터 콜에서 만들어낸 가상의 공간이 아니라 실존하는 곳이기 때문입니다."

"아, 그렇네요. 페이가 얘기했었죠. 페로모나 행성은 실존하는 곳이라고."

루채하가 고개를 주억거리며 말했다.

전율은 얘기가 나온 김에 지금이 적당한 때다 싶었다.

페이가 그에게만 해줬던 데모니아의 속사정을 어스 뱅가드 멤버들에게 들려주기로 했다.

"다들 잠시만 집중해 주세요. 꼭 해야 할 이야기가 있습니다."

이윽고 전율의 입에서 데모니아가 우주의 행성들을 침략하는 진짜 이유가 흘러나왔다.

이야기를 전부 듣고 난 멤버들은 상당히 언짢은 기분이 들었다.

"결국 제 목숨 보존하겠다고 아무 죄 없는 다른 행성 사람들을 죽인다는 거 아냐? 싸가지 없는 년이네, 그거."

이서진이 미간을 와락 구기며 독설을 내뱉었다.

장철수가 그런 이서진의 등을 툭툭 두들겼다.

진정하라는 제스처였다.

그러는 사이 전율이 다시 말을 이었다.

"이제 여러분도 마스터 콜로 힘을 키워야 하는 이유가 더욱 명징해졌을 겁니다. 단순히 외계 종족의 침략으로부터 지구를 지키는 것. 그게 목적이 아닙니다. 데모니아의 멸망. 우리는 그것을 목표로 잡고 성장해야 합니다."

"당연하죠! 그런 못된 년은 나 견우리가 가만두지 않을 거라구요! 내 앞에 나타나기만 해보라지! 뼈 마디마디를 꺾어버릴 테니까! 꺄하하하하!"

여전히 조증에 푹 빠져 있는 견우리가 광소를 터뜨렸다.

"아무튼 다음 층부터는 다들 정신 바짝 차려야 합니다. 지하 10층부터는 전장에서의 죽음이 현실로 이어집니다. 이전처럼 죽었다가 다시 살아날 수 없습니다. 죽으면 그것으로 모든 게 끝납니다."

그 말에 좌중이 숙연해졌다.

11층의 전장에서 이미 페이에게 한번 들었던 얘기였다.

하지만 죽음이라는 단어는 몇 번을 들어도 친숙해질 수가 없었다.

"저는 여러분을 단 한 명도 잃기 싫습니다. 그래서 앞으로는 한 층 한 층 나아가는 것에 더욱 신중을 기할 생각입니다. 11층을 클리어했다고 해서 당장 10층으로 올라가지는 않을 겁니다. 우선 제가 먼저 상위 층을 경험해 보고, 여러분의 수준에서 도전하기 힘들다 싶을 땐, 충분한 실력이 쌓일 때까지 하위 층을 돌게 만들 겁니다. 불만 없으시죠?"

어스 뱅가드의 리더는 멤버들의 안전을 가장 우선시하고 있었다.

불만이 있을 리 만무했다.

"그리고 한 가지 더, 죄송한 말씀 드려야 할 것 같습니다. 본래는 이곳에서 2박 3일간만 합숙을 할 예정이었습니다. 하지만 1차 침공이 있기 전까지 남은 시간 동안 계속해서 함께하는 게 좋겠다는 생각이 들었습니다. 반대하시는 분 있으십니까?"

지구의 운명이 걸린 판국에 반대 의견을 내는 이는 없었다.

하지만 여자들은 조금 난처한 얼굴이었다.

김기혜가 손을 번쩍 들었다.

"기혜 씨?"

"네, 율 리더! 저를 비롯한 여자들은 조금 애로 사항이 많은걸요!"

"어떤 애로 사항을 말씀하시는 겁니까?"

"이틀 동안 속옷도 못 갈아입었어요. 이게 얼마나 찝찝한지 알아요? 게다가 이제 곧 마법에 걸리는 날이라 생리대도 챙겨야 합니다요! 옷도 좀 갈아입었으면 좋겠고… 애초에 합숙 기간이 짧다 그래서 여벌을 별로 안 챙겨 왔단 말이에요."

듣고 보니 여자들은 불편할 법도 했다.

아니, 여자뿐만이 아니었다.

남자들이 여자들보다 살짝 더 털털해서 별 말이 없을 뿐이지, 그들 역시 찝찝하기는 마찬가지일 것이다.

"나는 똑같은 팬티 보름 동안 입어도 문제없는데! 와하하하!"

…단순무식의 제왕, 이건만 빼고.

전율은 잠시 생각을 정리하고서 적당한 해결책을 내놓았다.

"그럼 이렇게 하도록 하죠. 일단 오늘 남은 마스터 콜이 두 번이니, 그것을 다 같이 마무리합시다. 이후에 각자 집으로 가서 일주일 동안 지낼 수 있는 짐을 챙겨, 다시 여기에 모이는 걸로. 집이 먼 분도 계시지만 어떻게든 당일치기로 다녀오셨으면 합니다. 늦어도 아침까지는 펜션으로 다시 와주십시오."

무척 촉박한 부탁이긴 했지만, 달리 방법이 없었다.

어스 뱅가드 멤버들은 모두 그러겠다 수긍했다.

전율은 어스 뱅가드 멤버들과 마스터 콜에 접속했다. 그리고 자신은 지하 10층으로 향했고, 나머지 멤버들은 지하 11층에 다시 진입하게 했다.

어스 뱅가드 멤버들은 이번엔 '셰비츠'라는 이름의 행성으로 가게 되었다.

그곳엔 '샤마란'이란 종족이 주인 행세를 하며 살고 있었다.

다른 종족들도 많았지만, 다들 샤마란족보단 약했고, 개체

수도 적었다.

그래서 모두 샤마란이 종처럼 부리고 있었다.

샤마란족은 세비츠 행성의 절대자였다.

그들은 2족 보행을 하는 3미터의 거인이었다.

온몸은 초록색 비늘로 뒤덮여 있었고, 손과 발이 유난히 컸다.

하나같이 금발이 허리까지 내려오도록 길었으며, 동그랗고 톡 튀어나온 눈동자는 마치 물고기 눈을 보는 것 같았다.

샤마란족은 창과 채찍을 주 무기로 사용했다.

더불어 빙결(氷結) 마법을 구사할 수 있었다.

하지만 전체적인 신체 능력은 달토르만보다 떨어졌다.

샤마란족만 놓고 본다면 전보다 쉬운 싸움이 되어야 하는 게 당연했다.

그러나 샤마란족은 그들이 지배하고 있는 다른 종족들까지 전쟁에 가담시켰다.

해서 마냥 편한 전투가 될 수는 없었다.

여러 종족들이 합심해서 덤벼드니 상대하기 여간 까다로운 게 아니었다.

우습게 보고 덤벼들었던 모험가들은 예상치 못한 협공에 퀘스트를 완료하기는커녕 죽어 넘어지기 일쑤였다.

어스 뱅가드 멤버들은 석실에서 나온 이후, 섣불리 전장에 발을 들여놓지 않았다.

이미 한번 다른 행성에서 전쟁을 해봤던 터였다.

일단 돌아가는 판을 멀리서 살피며 적들에 대해 파악하는 게 우선이었다.

이런 쪽에서 머리가 가장 빨리 회전하는 이는 장도민과 이서진이었다. 10여 분 정도 지켜보니 대략 어떤 식으로 싸우면 좋을지 가닥이 섰다.

두 사람은 누가 먼저랄 것도 없이 시선을 교환한 뒤, 작전 회의에 들어갔다.

회의는 길지 않았다.

딱 5분 만에 간단하지만 지금의 전장에서 가장 효율적으로 적용할 작전을 만들어냈다.

그것을 멤버들에게 알려준 뒤, 장도민은 하늘의 숫자를 확인했다.

'142,249.'

14만 대군이 석실에서 계속 튀어나오는 모험가들과 전쟁을 벌이고 있었다.

오버 퀘스트를 진행해 모두 쓸어버리기에는 무리가 있는 숫자였다.

장도민은 이번엔 오버 퀘스트를 진행하지 않는 것으로 멤버들과 합의를 본 뒤, 전장으로 향했다.

　　　　　*　　　　　*　　　　　*

　10층에 도착한 전율은 하늘부터 살폈다.

　'98,520'

　거의 10만 가까이 되는 적들이 모험가들과 피 튀기는 혈전을 벌이고 있었다.

　전율의 시야에 외계 종족의 에너지가 보였다.

　'별거 없군.'

　11층에서 만났던 달토르만들보다 에너지가 크긴 했지만, 전율의 입장에서 보자면 거기서 거기였다.

　전율이 진입한 행성의 이름은 '자모안'이었다.

　그리고 모험가들과 싸우는 외계 종족의 이름은 '하제마탄'이었다.

　그들의 모습은 거대한 드래곤을 5미터 정도의 크기로 응축시켜 놓은 것처럼 생겼다고 표현하면 딱 맞았다.

　하제마탄은 각각 비늘의 색이 달랐다.

　총 네 가지의 비늘을 입고 있었는데, 붉은색, 검은색, 초록색, 파란색으로 나누어졌다.

　붉은색 비늘의 하제마탄은 입에서 불덩이를 쐈다.

　검은색 비늘의 하제마탄은 산성 가스를 내뱉었다.

초록색 비늘의 하제마탄은 독가스를, 파란색 비늘의 하제마 탄은 무엇이든 얼려 버리는 차가운 빙결의 숨결을 뿌렸다.

그런 녀석들이 총 9만 8천여 마리나 있었다.

'초록색 녀석은 신경 쓰지 않아도 되겠군.'

전율은 만독불침의 능력을 얻었다. 때문에 독가스는 그를 어쩌지 못했다.

아울러 오러 바디가 몸을 보호해 주니, 불덩이나 산성 가스도 그에게 피해를 줄 순 없었다.

빙결의 숨결 역시 마찬가지였다.

그럼 이제 하제마탄의 신체 능력을 파악할 때였다.

전율이 전장으로 달려가 붉은 비늘의 하제마탄의 복부에 오러 피스트를 꽂아 넣었다.

퍼어억!

크에에엑!

하제마탄의 복부에 커다란 바람구멍이 뚫렸다.

녀석은 피와 장기를 바닥에 쏟으며 발악 한번 못 해보고 숨을 거뒀다.

"약골이군."

하제마탄에 대해 완벽히 파악한 전율이 다시 한 번 하늘의 숫자를 확인하고서는 말했다.

"오버 퀘스트까지 간다."

10층의 전장에서 전율이 받은 퀘스트는 적을 300마리 섬멸하라는 것이었다.

300? 우스운 숫자다.

전율이 이슈반을 꺼내 들고 하제마탄의 무리 속으로 뛰어들었다.

*　　　　*　　　　*

어스 뱅가드 멤버들은 전장에 투입된 지 30분 만에 모두 샤마란족을 100마리씩 잡는 데 성공했다.

그들은 애초에 장도민이 얘기했던 것처럼 더 욕심내지 않고 그 시점에서 퀘스트를 종료했다.

마스터 콜이 끝난 다음의 코스는 당연히 스토어였다.

하지만 스토어에서 그들이 사는 건 항상 성장 관련 용품뿐이었다.

마나 하트와 마나 루트 같은 것들 외에 다른 물건은 일절 사지 않았다.

전율이 허투루 링을 쓰는 걸 싫어했기에 최대한 자제하라 일렀기 때문이다.

차라리 성장형 아티팩트에 투자를 하는 게 더 낫다는 것이 전율의 입장이었다.

만약 성장형 아티팩트를 얻지 못한 모험가들은 계속해서 아끼다가 정말 좋은 아이템을 발견하면 그때 한 방에 투자하라고 일렀다.

하지만 모두에게 이런 방침을 따르라 한 건 아니었다.

예외인 사람이 딱 하나 있었으니 바로 김기혜였다.

그녀의 능력은 광속학.

무엇이든 빠르게 익히고 배우는 능력이다.

때문에 그녀는 링이 생길 때마다 전투에 도움이 되는 서적을 사서 체득하는 게 급선무였다.

이번에도 김기혜는 스토어에서 '오러의 이해'라는 책을 사 귀환했다.

스토어에서 파는 책들은 전부 한 번만 정독해서 읽으면 그대로 체득이 되는 마법 서적이었다.

따라서 김기혜의 광속학과 만나면 엄청난 시너지 효과를 발휘했다.

김기혜가 오러를 익힐 생각으로 들떠서 눈을 떴다.

다른 멤버들은 이미 현실로 복귀한 이후였다.

김기혜는 자신의 손에 들린 오러 관련 서적을 펼쳐 읽으려다 말고 여전히 바닥에 누워 일어나지 않고 있는 전율을 바라봤다.

"율 리더는 아직 복귀 안 했네요?"

"여전히 싸우는 중인가 보지, 뭐."

"흐음~ 10층이 클리어하기가 좀 까다로운가?"

모든 멤버들의 시선이 고요하게 눈을 감고 있는 전율에게 집중되었다.

* * *

시산혈해.

그 말이 딱 맞았다.

시체가 산을 쌓고 피가 바다를 이룬 전장의 중심엔 전율이 서 있었다.

자모안 행성에는 더 이상 살아남은 하제마탄 종족이 없었다.

전율은 300마리를 죽인 이후 오버 퀘스트를 수락했고, 1시간 만에 9만이 넘는 하제마탄족을 쓸어버렸다.

전율 덕분에 곁다리로 오버 퀘스트를 성공시킨 56명의 모험가는 경외가 가득 담긴 얼굴로 전율을 바라보았다.

[오버 퀘스트 종료. 성과에 따라 보상이 지급됩니다.]

페이의 말이 끝나자마자 전율의 앞에 작은 운석만 한 마나 워터가 나타났다.

모험가들은 그것을 보는 순간 턱이 빠질 듯 입을 쩍 벌렸다.

전율의 손등에 적힌 숫자는 84,217이었다.

＊　　　　＊　　　　＊

전율이 마스터 콜의 접속을 마치고 눈을 떴다.

정신을 차리고 몸을 일으킨 그의 주변에는 어스 뱅가드 멤버들이 모여 있었다.

"잘 잤어요, 율 리더?"

김기혜가 물었다.

잠을 잔 게 아니지만, 김기혜야 워낙 특이한 여인이었기에 전율은 고개를 끄덕여 주고서 되물었다.

"여러분은 마스터 콜 무사히 마치셨습니까?"

"당연하지! 이번에 만난 녀석들도 약골이었다고! 내 강철 같은 주먹으로 우다다다! 해치웠지!"

이건이 콧대를 세우며 으스댔다.

처음엔 그런 이건의 허세와 나대는 성격을 불편해하던 멤버들은 이제는 그저 웃어넘길 뿐이었다.

다들 이건이 원체 저런 성격이라는 걸 인정했기 때문이다.

이건뿐만이 아니었다.

어스 뱅가드 멤버들은 함께 힘을 합쳐 전장을 클리어할수록 서로가 서로를 이해해 나가고 있었다.

처음에는 조금 삐걱거리던 관계에 놓인 이들도 지금은 그런 불편함을 걷어내고 오히려 편안한 사이를 유지하게 되었다.

커다란 목표 아래 함께 모여 목숨 건 전장을 헤쳐 나가며 형성되는 유대감이라는 건 그만큼 컸다.

전율은 다시 한 번 어스 뱅가드 멤버들에게 11층을 클리어 하도록 명했다.

그들의 실력이라면 10층에 도전해도 무난하겠지만, 10층부터는 죽음이라는 게 현실이 된다.

해서 전율은 만의 하나라는 상황조차 일어나게 하기 싫었다.

어떠한 변수가 일어나도 분명히 생존할 수 있는 수준이 되지 않는다면 절대 어스 뱅가드 멤버들을 상위 층으로 보낼 생각이 없었다.

물론 전율이 함께 전장으로 가는 것도 멤버들의 안전을 보장할 방법이긴 하다.

그러나 그것은 먹이를 물어다 주는 것밖에 되지 않는다.

어스 뱅가드 멤버들이 언제까지고 전율에게 의지하도록 만들 수는 없는 노릇이다.

전율은 먹이를 사냥하는 법을 알려주고 싶었다.

멤버들이 모두 마스터 콜에 접속하고 난 뒤, 전율은 상태창을 열어 능력치를 확인했다.

<〈전율 님의 능력치〉>

[오러]
랭크 : 9
성장도 : 77%
색 : 보라색
사용 가능 기술 : 오러 피스트(Aura Fist), 오러 애로우
(Aura Arrow), 오러 피스톨(Aura Pistol), 오러 버서커(Aura
Berserker), 오러 플라즈마(Aura Plasma)

[마나]
랭크 : 7
성장도 : 26%
사용 가능 기술 : 뇌섬(雷殲), 속박뢰(束縛雷), 뇌암(雷
暗), 뇌호(雷護), 뇌전(雷電)의 창(槍), 뇌창(雷猖), 폭뢰(爆
雷), 지뢰(地雷), 뇌격(雷隔), 뇌신(雷神), 벽력멸(霹靂滅)

[스피릿]
랭크 : 6
성장도 : 89%

사용 가능 기술 : 위압(危壓), 호의(好意), 지배(支配), 최면(催眠), 신안(神眼)
 테이밍 가능한 생명체의 수 : 4/11
 테이밍된 생명체 : 초백한, 칠미호, 디오란, 환

 [착용 중인 아이템]
 ―마갑 데이드릭〈귀속〉 : S급 아티팩트. 제5형태. 600,000링을 흡수하면 성장함
 ―마검 이슈반〈귀속〉 : A+급 아티팩트. 각성 전. 95% 성장
 *데이드릭 세트 효과 발동. 힘 10% 강화.

 지하 10층에서 보상으로 받은 마나 워터를 분부해서 흡수한 결과, 오러는 랭크 9가 되었고, 마나는 랭크 7이 되었다.
 오러가 7에서 2랭크 업그레이드되며, 전율에게는 또다시 새로운 능력이 생겼다.
 '광속 이동', '오러 마스터', '전 속성 내성'이 그것이었다.
 광속 이동은 말 그대로 광속으로 움직일 수 있는 능력이었다.
 초음속으로 이동해도 그 움직임을 눈으로 따라잡기가 힘이 드는데, 이제 광속 이동까지 익혔으니 어지간한 이들은 전율과 붙었다간 어찌 죽는지도 모른 채 목이 떨어질 판이었다.

오러 마스터는 전율이 오러의 극의를 봤음을 뜻했다.

현재 전율이 발산하는 오러는 상당히 진하고 탁한 보랏빛을 띠었다.

그전까지의 오러는 같은 보랏빛이긴 해도 맑고 가벼운 느낌이 들었었다.

한데 지금의 오러는 대단히 묵직했다.

그것이 바로 궁극의 오러의 형태였다.

전율은 그것을 손에 넣음으로써 오러 마스터가 되었다.

궁극의 오러는 세상에 자르지 못하고, 파괴하지 못하는 것이 없다고 한다.

마지막으로 전 속성 내성은 물, 불, 전격, 냉기, 대지, 바람의 모든 속성 공격에 내성이 생겼음을 뜻한다.

그것은 기본적으로 전율이 받는 속성 공격의 대미지 60퍼센트를 감소시켜 준다.

한데 전율은 마갑 데이드릭을 착용하면 속성의 내성이 더욱 올라간다.

한마디로 거의 무적이 되는 것이다.

게다가 앞으로 일주일 후, 그러니까 외계 종족의 침공이 있기 하루 전날 사방신 주작이 다른 사방신들을 잘 회유했다면, 그들의 힘까지 손에 넣게 된다.

전율은 데모니아를 떠올렸다.

그리고 사방신까지 얻게 된 스스로의 역량과 데모니아를 비교해 보았다.

과연 그 정도의 힘을 얻게 된다면 데모니아와 맞설 수 있을 것인가?

잠시 동안 고민하던 전율이 고개를 가로저었다.

'아직 무리야.'

전율이 상대했던 데모니아의 힘은… 말로 설명하기 힘들 만큼 강했다.

가장 적절한 표현을 찾아보자면 인간과 신의 싸움이었다고 하는 게 맞으리라.

그때 당시와 비교해 보면 전율은 많은 성장을 이루었다.

한데도 데모니아의 힘에는 비할 바가 아니었다.

'힘이 부족하다면 계속해서 키워 나갈 뿐.'

전율은 절망 앞에서 넘어지는 법을 모른다.

절망이 길을 막는다면 어떻게든 뚫고 나가기 위해 노력한다.

그리고 마침내는 절망을 이겨냈다.

사람에게 가장 큰 절망은 죽음이다. 전율은 그것을 한번 겪었다. 모든 것이 허무로 돌아가는 무서운 경험이었다.

'나'라는 인간이 세상 속에서 지워진다는 것.

그것은 내가 가지고 있던 모든 생각과 행해왔던 행동과 정립해 온 가치관들, 전부가 사라진다는 것이다.

그 모든 게 이미 내가 세상에 존재치 않으니 아무런 의미가 없어진다.

내가 소멸한다는 건 그 어떤 것보다 큰 공포였고, 강렬한 절망이었다.

전율이 데모니아에게 처절하게 패하고도 무너지지 않을 수 있었던 건, 데모니아라는 존재보다 더 큰 절망을 맛보았기 때문이다.

죽음까지·경험했는데 그보다 무서울 게 뭐가 있겠는가.

기필코 데모니아를 잡고 말겠다는 의지를 다지며 전율은 타이틀창을 열었다.

'언데드 청소부—죽음에서 한 번 부활'

'오크 슬레이어—백 마리의 오크를 소환'

'바루안의 전인—바루안의 능력 전이'

'전장의 지배자—1분 동안 모든 능력이 40배 증폭. 타이틀의 힘 사용 후, 5분 간 스턴(Stun) 상태가 됨. 3회 사용 후 사라짐(3/3)'

기존에 있던 세 개의 타이틀 외에 하나가 새로 생겼다.

'전장의 지배자'란 타이틀은 10층 전장을 클리어한 뒤 얻게 된 타이틀이었다.

타이틀 획득 조건은 '오버 퀘스트에 진입 후, 5만 이상의 적을 섬멸할 것'이었다.

실상 말이 되지 않는 조건이었다.

한데 전율은 이를 해냈고, 타이틀을 얻게 되었다.

5분 동안 스턴에 걸린다는 페널티로 1분간 전율의 모든 능력이 40배 증폭된다면 그것은 어마어마한 이득이었다.

게다가 3회나 사용할 수 있으니 이보다 좋을 수가 없었다.

현재 어스 뱅가드의 멤버들도 전율이 획득한 타이틀 중 언데드 청소부와 오크 슬레이어는 모두 획득한 상태였다.

다만 바루안의 전인은 숨겨진 조건을 최초로 만족하는 이에게만 주어지는 타이틀이었기에, 멤버들이 얻을 수는 없었다.

아울러 전장의 지배자 역시 현재 멤버들의 수준으로 얻는 건 불가능했다.

그러나 전율의 밑에서 성장하다 보면 언젠가는 그것이 가능한 날이 오리라.

다른 건 몰라도 전장의 지배자만큼은 모든 멤버가 획득하게끔 하고 싶은 전율이었다.

상태창을 닫은 전율은 마검 이슈반을 소환했다.

이슈반의 현재 성장도는 95퍼센트였다.

이제 마나 하트를 조금만 더 주입하면 이슈반이 봉인이 풀린 궁극의 형태로 각성하게 될 터였다.

그리고 전율의 인피니트 백엔 마나 하트 백 개가 저장되어 있었다.

지하 10층의 전장을 클리어하며, 시체에서 회수한 것이었다. 물론 나머지 마나 하트는 전율이 전부 흡수했다.

전율은 백 개의 마나 하트를 전부 이슈반에게 주입했다.

이슈반은 마나 하트의 힘을 섭취하며 계속 성장도를 올려나갔다.

그러다 마나 하트를 97개 먹었을 때.

화아앗—!

이슈반에서 검은빛이 터져 나왔다.

그것은 사위를 정신없이 휘젓다가 블랙홀이라도 만난 듯, 다시 이슈반의 보랏빛 검신으로 빨려 들어갔다.

검은빛을 잡아먹은 이슈반의 형태가 흐물거리며 변하기 시작했다.

딱 롱소드 정도의 길이였던 검신이 한 뼘 정도 더 늘어났고, 폭이 약간 넓어졌다 검 손잡이도 한 마디가 길어졌다. 그리고 검과 손잡이의 경계가 사라졌다.

보통 검에는 손을 보호하는 가드 부분이 있게 마련이다.

그것은 검날과 손잡이를 구분 짓는 경계선의 역할도 한다.

한데 궁극의 형태를 드러낸 이슈반은 가드가 없었다.

검 손잡이 검신이 일자 형태로 죽 이어져 있었다.

굳이 구분을 짓는다면, 손잡이에서 뻗어나간 옆면이 날카로워지는 지점부터 검신이라는 정도였다.

가드가 없는 검은 사용함에 있어서 조금 더 신중을 기해야 한다.

자칫 잘못하다간 상대방의 공격에 손가락을 다칠 수도 있고, 힘겨루기를 하다 손이 밀려 자신이 쥔 검의 날에 베일 수도 있기 때문이다.

한데도 이슈반의 궁극의 모습은 가드가 없는 검이었다.

전율은 처음엔 이 상황을 이해하지 못하다가 이내 깨닫는 게 있어 고개를 끄덕였다.

'오르간을 사용하기에 최적화되어 있군.'

오르간.

그것은 이슈반을 귀속시킨 사용자의 머릿속에 절로 각인되는 비기였다.

아직 전율은 오르간을 한 번도 사용해 본 적 없지만, 그 기술이 어떤 것인지에 대해서는 알고 있었다.

'전체적으로 검의 덩치는 커졌지만 솜털처럼 가벼워진 것도 그런 이유일 테고.'

실제로 이슈반은 마치 들고 있지 않은 것처럼 가벼웠다.

오르간을 시전하기 위해서는 이렇게 가벼운 검이 가장 적격이었다.

오르간은 검의 빠르기와 공격 패턴을 시시각각 변형하여 적을 혼란스럽게 만든 뒤, 숨을 끊어놓는 기술이다.

설명은 쉽지만, 막상 시전하기 위해서는 복잡한 기술과 요령이 필요하다. 게다가 오르간 속에 담겨 있는 수많은 리듬과 공격 패턴을 체득해야 한다.

마지막으로 오르간의 기술을 따라올 수 있을 만큼 가벼우면서도 튼튼한 검이 필요했다.

그 검이 바로 이슈반이었다.

전율은 궁극의 형태가 된 이슈반의 능력치를 확인했다.

[마검 이슈반(궁극 형태)—〈A+등급〉 귀속인의 신체 능력이 30% 증가한다. 모든 물리적, 마법적 공격에 대한 저항이 25% 증가한다. 상대방의 시야를 어지럽히는 기술 '섬광'을 습득한다.]

"아주 좋군."

전율은 흡족했다.

데이드릭은 착용했을 때만 여러 가지 능력들을 버프시켜 준다. 하지만 이슈반은 귀속된 것 자체만으로 귀속인의 능력을 증가시켜 주었다.

게다가 섬광이라는 기술까지 습득하게 되었다.

이제 현실에서 전율이 할 수 있는 건 다 했다.

전율은 이슈반을 허리에 찬 뒤, 다른 어스 뱅가드 멤버들처럼 자리에 드러누웠다.

그리고 마스터 콜에 접속했다.

그에게도 이번이 오늘의 마지막 마스터 콜이었다.

*   *   *

전율은 지하 9층에 진입했다.

그가 이번에 가게 된 곳은 '매쉬' 행성이었고, 상대하게 된 외계 종족의 이름은 '라이드란트'였다.

당연한 얘기지만 이번에도 전율은 오버 퀘스트를 진행했다.

라이드란트는 강했으나 전율에겐 어린애와 다름없는 수준이었다.

한데 오버 퀘스트로 얻은 보상은 그다지 많지 않았다.

전율이 매쉬 행성에 발을 디뎠을 땐, 이미 라이드란트의 수가 많이 줄어든 이후였기 때문이다.

오히려 기본 퀘스트로 얻은 성과가 더 값졌다.

지하 9층의 퀘스트는 라이드란트를 500마리 섬멸하라는 것이었다.

클리어 보상은 무려 50만 링.

퀘스트가 시작될 당시 전장에 남아 있는 라이드란트의 수는 고작 1,800에 불과했다.

여차하면 퀘스트를 실패할 판인지라, 전율은 빠르게 전장에 뛰어들어 이슈반을 휘둘렀다.

500마리의 라이드란트를 섬멸하고 나니 남은 라이드란트의 수는 860마리. 그리고 전장에 남은 모험가의 수는 230명이었다.

그들 모두가 오버 퀘스트에 진입하니 아무리 전율이라고 해도 많은 수의 라이드란트를 잡을 수 없었다.

마지막 마스터 콜을 끝내고 현실로 돌아왔을 땐, 다른 멤버들도 복귀한 이후였다.

그들은 이번에도 오버 퀘스트를 하진 않았다.

"다들 고생 많으셨습니다. 이제 오늘 마지막 마스터 콜이 끝났습니다."

"그럼 이제 집에 갔다 와도 돼요?"

김기혜의 물음이었다.

"네. 다들 집에 다녀오세요. 그리고 내일 새벽까지… 아니, 늦어도 12시 전까지만 다시 이곳으로 모여주세요."

"근데 왜 꼭 12시 전까지여야 하죠? 조금 늦어도 상관없지 않습니까? 요점은 하루가 지나기 전에 마스터 콜에 다섯 번 접속해야 한다는 거잖아요. 그렇게 따지면 정오에 모일 경우 자정까지 12시간이나 남는데, 넉넉하고도 남지 않을까요?"

이의를 제기한 건 진태군이었다.

"제가 12시까지 모여달라고 한 건, 바로 그 넉넉하고도 남는 시간을 벌기 위해서입니다. 이제 마스터 콜은 전장에서 보낸 시간만큼이 현실에서도 똑같이 흘러갑니다. 때문에 언제 어떤 변수가 일어날지 모릅니다. 세 시간, 네 시간이 흘러서 겨우 퀘스트 하나를 끝내게 될지도 모르죠."

"설마 다섯 번의 마스터 콜이 전부 다 그렇게 오랜 시간을 잡아먹겠습니까?"

"바로 그 설마가 일어나더라도 계획에 지장이 생기지 않는 것. 그게 제가 원하는 바입니다. 아시겠습니까?"

전율의 말에 진태군은 더 반박하지 못하고 입을 다물었다.

"그럼 해산합니다. 내일 뵙겠습니다."

*   *   *

어스 뱅가드 멤버들을 집에 돌려보내고, 전율은 용식을 찾아갔다. 그러고서는 차를 며칠만 더 사용하겠다 전하니, 용식의 표정이 묘하게 구겨졌다.

"야, 너는 돈도 많은 놈이 왜 차를 안 사고 빌리냐? 하나 뽑아."

전율도 차를 마련하려 했었다.

그런데 이런저런 일에 치이다 보니 미처 그럴 새가 없었다.

"시간이 도통 나지 않아서 못 뽑았어요."

"뭐? 내가 대신 구해다 줘?"

"형님이요? 차 계약 같은 건 제가 직접 가야 하는 거 아닙니까?"

"인마, 나 용식이야! 내 인맥 알아 몰라?"

사실 용식의 인맥이 대단하긴 했다.

용식은 거의 모든 분야에 업자들과 연이 닿아 있었다.

그래서 용식이 데리고 있는 미래대부 식구들은 건물이든, 자동차든, 그 외의 어떤 것이든 간에 새로 사야 할 일이 있으면 항상 용식이부터 찾았다.

"저 없이도 제 명의로 차를 구입할 수 있습니까?"

"당연하지."

"차를 구하면 언제쯤 받아볼 수 있죠?"

"길어도 사흘이면 돼. 빠르면 하루, 이틀."

"그렇게 빨리요?"

"그뿐인 줄 아냐? 가격도 싸다. 대신 옵션은 못 골라. 정해 주는 대로 받아야 돼."

역시나 정상적인 루트로 차를 구입할 수 있는 건 아닌 모양이었다.

전율이 의심스러운 시선을 보내자 용식이 얼른 말을 덧붙였다.

"불법 아니야, 인마. 엄연히 합법이야."

"근데 왜 옵션을 못 고릅니까?"

"그러니까 이런 거야. 누군가 차를 사겠다고 했단 말야. 그래서 옵션까지 다 정하고 계약서 쓰고 돈도 지불했어. 그리고 차가 나왔어. 그런데 계약자가 피치 못할 사정으로 차를 인수받지 못하게 됐어. 그럼 차가 붕 뜨는 거야. 대부분은 돈 좀 있는 진상 고객 때문에 이런 사태가 벌어지거든. 근데 진짜 돈 많은 놈들은 그런 짓 안 해. 졸부 같은 것들이 주로 이런 진상을 빨지. 차를 뺀찌놓는 이유도 별거 없어. 단순 변심이야. 근데 이 졸부들이 또 차를 많이 사주기는 하거든. 그러니까 딜러들은 울며 겨자 먹기로 계약을 취소해 줄 수밖에 없는 거지. 그렇게 붕 뜬 차들이 조금 다운된 가격에 거래되는 거야."

용식의 말대로라면 옵션을 고를 수 없는 이유도, 차가 빨리 나오는 것도 다 설명이 되었다.

전율이 물었다.

"그럼 공중에 뜬 차 중에 대형에다 풀옵션으로 뽑힌 것도 있습니까?"

"있지!"

"두 대 필요합니다."

한 대는 전대국에게 주고, 나머지 한 대는 자신이 탈 셈이었다.

"두 대? 오케이. 잠깐만 기다려라."

용식은 그 자리에서 자동차 딜러에게 전화를 걸었다. 그리고 한참 동안 이런저런 얘기를 주고받더니 통화를 끝내고서 전율에게 말했다.

"케이자동차에서 나온 OS7! 그리고 미래자동차에서 나온 제우스 AG750! 둘 다 풀옵션이고 현금으로 2억5천에 가져가란다."

2억5천이면 전율에게 그다지 많은 돈은 아니었다.

통장에는 아직도 45억이나 되는 돈이 남아 있다.

전율은 당장 2억5천을 용식의 지인인 자동차 딜러의 계좌로 이체했다.

"오케이. 서류는 내가 대신 작성할 테니까 쫌만 내놔."

전율이 주민등록증을 꺼내 용식에게 건넸다.

"볼일 보고 밤에 와라. 따끈따끈한 차 두 대 예쁘게 모셔놓을 테니까."

"그럴게요."

전율은 용식을 전적으로 믿었다.

용식이 양아치 기질이 있긴 하지만, 전율에게는 절대 사기를 치지 못한다.

전율이 그의 목숨줄을 구해준 은인인 것도 이유가 되겠지만, 무엇보다 전율의 절대적인 힘을 용식이 잘 알고 있기 때문이다.

게다가 하나 더.

용식은 하율을 좋아한다.

그래서 뭐 하나라도 전율의 가족에게 잘 보이기 위해 무던히 애를 쓰는 중이다.

그런데 사기를 친다는 건 말도 안 되는 일이었다.

전율은 용식에게 일을 맡기는 김에 한 가지를 더 부탁했다.

"그리고 형님, 신복읍에 제가 봐둔 땅이 하나 있습니다. 그 땅을 좀 사고 싶은데, 도와주실 수 있습니까?"

신복읍에 땅이라고 하면 전생에서 용식이 샀다가 온천이 터지는 바람에 대박이 났던 그 땅이다.

전율의 말에 용식이 입을 비죽였다.

"어? 거기 나도 봐둔 땅 있는데. 혹시 여기냐?"

용식이 뒷주머니에서 사진 몇 장을 꺼내 내밀었다.

아무래도 최근 들어 그 땅에 눈독 들이기 시작한 모양이다.

전율이 사진을 보고서 고개를 끄덕였다.

"네, 여기 맞습니다."

"여기라고? 이런 니미럴. 나 여기다가 펜션 사업이나 해볼 참이었는데."

용식도 케이자동차 주식을 제법 사놓은 터였고, 그게 터져서 목돈을 만지게 된 참이다.

용식은 전생에서처럼 이번에도 그 돈을 신복읍 땅에 투자하려 하고 있었다.

그것을 전율이 선수 치려 하는 것이다.

용식이 아까워하며 선뜻 땅을 양보하겠다고 나오지 않으니, 전율이 제안을 하나 했다.

"형님, 이렇게 하죠. 펜션 사업, 제가 하겠습니다. 형님이 생각하는 것보다 더 큰 규모로. 형님은 관리만 해주세요. 그럼 제가 관리비로 순수익의 20퍼센트를 드리겠습니다."

"20퍼센트나?"

"네."

돈 한 푼 안 들이고 관리 명목으로 20퍼센트를 받는다면 그건 아주 남는 장사였다.

전율은 허튼소리를 하는 사람이 아니었고, 누구보다 용식이 그걸 잘 알고 있었다.

용식은 길게 생각할 것 없이 고개를 끄덕였다.

"좋다! 내가 큰맘 먹고 그 땅 너한테 양보할게. 이야~ 정말 이렇게 좋은 형 어디 가서 만나기 힘들다, 그렇지? 자동차 필요하다니까 당일 공수해 줘. 봐뒀던 땅도 동생이 사고 싶다니까 양보해. 진짜 아름다운 일들 아니냐? 하율 씨가 들었으면 나를 조금은 다시 볼 만한 그런 얘기들이잖아? 그렇지?"

속이 너무 뻔히 보이는 용식의 행태에 전율이 피식 웃었다.

얼마 전까지만 해도 용식의 저런 모습이 짜증 났었는데, 어쩐지 지금은 귀여웠다.

그동안의 용식의 노력이 영 소용없던 것만은 아닌 모양이었다.

"누나한테 확실히 자랑해 둘게요."

전율의 대답에 용식의 얼굴이 활짝 폈다.

"으하하하하! 아니, 뭐 꼭 그러라고 말한 건 아닌데! 아이고, 이럴 때가 아니지. 신복읍 땅도 매수하려면 바쁘게 움직여야 돼. 일단 내 통장으로 5억 5천 쏴! 그럼 그 아무것도 없는 시골 땅 1,000평 모조리 사들일 수 있어."

전율은 그 자리에서 6억을 용식의 계좌로 이체했다.

그에 스마트폰 문자를 확인한 용식이 고개를 갸웃거렸다.

"어? 율아. 5천 더 들어왔다?"

"그건 형님 쓰세요. 수고비예요."

"뭐? 아이고 예쁜 놈! 오냐, 내가 이 돈으로 우리 식구들이랑 좋은 데 쓸게! 으하하하!"

이것저것 투자할 것들을 다 빼고 나니 통장에 남은 돈은 36억 5천가량이었다.

사실 외계 종족의 공격이 몇 년이나 빨라진 시점에서 온천 사업 같은 건 큰 의미가 없었다.

외계 종족과의 전쟁이 벌어지는 마당에 누가 좋다고 온천

욕이나 다니겠는가?

전율이 진짜 원하는 것은 신복읍 땅으로 돈을 벌려는 게 아니었다.

그곳을 어스 뱅가드의 본부로 만드는 것이었다.

어스 뱅가드라는 조직은 갈수록 거대해질 것이고, 그런 거대 집단에겐 당연히 모일 수 있는 장소가 필요했다. 당연히 그 조직을 이끌어 나갈 자금 또한 필요하다.

하지만 그 자금은 외계 종족의 침략이 지속되면 절로 해결될 터였다.

지구인들은 외계 종족의 시체에서 마나 하트를 발견하게 되고, 그것이 지구의 여러 에너지원을 대체하며 새로운 에너지원이 되어버린다.

이후로 마나 하트는 비싼 가격으로 전 세계 국가가 사들이게 된다.

어스 뱅가드 요원들은 그 마나 하트를 얼마든지 공수할 수 있었다.

지구를 침략하는 외계 종족을 때려잡아 구할 수도 있지만 마스터 콜을 이용해서도 구하는 게 가능했다.

그 전까지는 현재 전율에게 있는 돈으로 충분히 버틸 수 있었다.

"그럼 바쁘게 움직여야겠네. 으다다다다!"

고개를 들어 올리고 힘껏 기지개를 켜던 용식의 미간이 확 구겨졌다.

"근데 저건 진짜 뭐인 거 같냐."

율이 용식의 시선을 따라 하늘을 바라봤다.

그곳엔 두둥실 떠 있는 데모니아의 얼굴이 기분 나쁜 미소를 띠고서 지구를 내려다보고 있었다.

전율이 끓어오르는 분노를 억누르고서 입을 열었다.

"알 수 없죠. 하지만 저 얼굴을 결코 좋아할 수는 없을 것 같네요."

"너도 그러냐? 나도 그렇다. 예쁘기는 더럽게 예쁜데, 뭔가 께름칙하단 말야. 아, 하늘에 저런 게 나타났다는 것 자체가 께름칙하지. 진짜 세상이 멸망하려고 그러나. 모든 뉴스에서 종일 저 얼굴에 대해서만 떠들어대는데 아직까지도 정확한 원인이나 정체를 밝혀내지 못했단다. 어처구니가 없지. 에이, 뭐 이러나저러나 나만 잘 먹고 잘 살면 그만이지, 안 그냐?"

"가볼게요. 일 정리되면 연락하세요."

"오냐! 5천만 원어치 일 깔끔하게 처리하고 연락하마!"

*　　　　*　　　　*

그날 밤.

전율은 용식에게 자동차 두 대와 그것에 대한 매매 계약서, 그리고 신복읍 땅 1,000평에 대한 토지 매매 계약서를 넘겨받았다.

용식은 자기 입으로 말한 것처럼 일을 깔끔하게 처리했다.

전율은 용식에게 받은 차 두 대 중 더 비싼 제우스 AG750을 전대국에게 선물로 주었다.

전대국은 차를 보자마자 입꼬리가 귀에 닿을 정도로 찢어졌다.

거의 덩실덩실 춤을 추다시피 하는 전대국의 모습에 이유선은 물론이고 하율과 소율도 크게 웃음을 터뜨렸다.

하지만 그 웃음과 행복은 오래가지 않았다.

지금의 세상 모든 사람들이 그렇듯 전율의 가족도 하늘에 떠 있는 얼굴에 대한 불안감을 안고 있었다.

전율은 그런 가족들의 곁에 있어주고 싶었다.

그러나 하룻밤을 같이 보낸 다음 날, 전율은 가족과 아침 식사를 마치고 잠깐 개인적인 일을 보러 간다는 핑계로 다시 떨어질 수밖에 없었다.

전율은 9시 무렵 새로 산 차를 끌고 펜션에 도착했다.

그런데 펜션에는 전율보다 빨리 온 사람이 있었다.

창가에 기대어 감정 없는 얼굴로 밖을 바라보고 있는 그녀는 다름 아닌 설열음이었다.

"열음 씨?"

전율이 부르자 설열음이 창틀에서 몸을 떼 그에게 천천히 다가왔다. 전율은 그녀를 피하지 않고 가만히 서 있었다. 설열음은 전율의 코앞까지 당도하고 나서야 걸음을 멈췄다.

그리고 차가움이 가득한 그녀의 입에서 의외의 말이 흘러나왔다.

"하늘에 떠 있는 얼굴. …본 적 있어요."

전율이 데모니아의 얼굴을 알고 있는 건 그가 미래에서 회귀했기 때문이다.

그 외의 지구인들은 누구도 데모니아에 대해 알지 못한다.

물론 어스 뱅가드 멤버들은 전율로 인해 데모니아의 존재를 알게 되었다.

하지만 그녀의 얼굴까지는 알지 못했다.

한데 설열음은 데모니아의 얼굴을 본 적이 있다고 한다.

의아함을 느낀 전율이 물었다.

"데모니아의 얼굴을 언제, 어디서 봤습니까?"

설열음은 잠시 뜸을 들이다가 대답했다. 하지만 그것은 전율이 물어본 것에 대한 답이 아니었다.

"저는 어렸을 때, 남들과 많이 달랐어요."

전율은 왜 다른 소리를 하느냐고 따지지 않았다. 그저 잠자코 있었다. 그의 침묵은 설열음에게 깊은 배려가 되었다. 그녀는 누구에게도 열지 않았던 마음을 지금 조금이나마 내보이려 하고 있었다.

전율이 그녀의 말을 자르거나 따지고 들었다면 벌어진 마음의 틈이 다시 닫혔을 것이다.

"아직 학교에 입학하기도 전… 놀이터에서 모래 장난을 하며 하루 온 종일을 보내던 어린 나이에는 내 눈에 보이는 다른 사람의 미래가 당연한 건 줄 알았죠. 어떤 아이든 조금만 친해지면 어렴풋이 미래가 보였어요. 전 그걸 전부 얘기해 주었죠. 그러다 어느 날부터 그 친구들은 저와 어울리지 않았어요. 어제까지만 해도 잘 놀던 아이가 갑자기 절 외면하기에 물었죠. 나랑 놀기 싫으냐고. 아이들에게서 돌아오는 대답은 한결같았어요. 우리 엄마가 너랑 놀지 말래."

설열음에게 어떠한 사정이 있으리란 건 짐작하고 있던 전율이었다. 아무런 이유도 없이 타고난 성격이 극단적으로 냉소적일 리 없기 때문이다.

한데 그 사정의 무게는 전율이 생각했던 것보다 더 묵직했다.

설열음의 이야기는 계속 이어졌다.

"전 속상한 마음에 친구들과 있었던 이야기를 엄마에게 해주었죠. 엄마는 그 얘기를 듣고 많이 놀라셨어요. 다른 사람의 미래를 볼 수 있다는 걸 왜 엄마한테 먼저 말하지 않았느냐며 타박했죠. 말할 필요가 없었어요. 저 말고 다른 아이들도 다 똑같은 줄 알았으니까요. 어머니는 제게 앞으로는 절대로 누군가의 미래를 봐서도 안 되고, 보게 되더라도 말하지 말라 당부하셨어요. 그렇지 않으면 엄마처럼 신내림을 받아야 한다고 했죠. 엄마는 무당이셨거든요."

이후로 이어진 설열음의 이야기는 이러했다.

엄마의 충고를 받은 이후로 설열음은 타인의 미래를 보지 않기 위해 노력했다. 그녀는 무당으로 살아가기 싫었다. 하지만 그게 쉬운 일은 아니었다.

타인의 미래를 보지 않기 위해서는 어떠한 친분 관계가 쌓여서는 안 되었다.

누군가가 설열음에게 조금만 마음을 열어도 그의 미래가 꿈속에서 보이곤 했다.

때문에 설열음은 주변의 모든 이들을 차갑게 대했다.

스스로 사람과 정을 쌓지 않기 위해 마음을 닫아버린 것이다.

어렸을 때부터 그렇게 살아오다 보니 지금처럼 차가운 사람이 되고 말았다.

지금 그녀의 주변에는 친한 사람, 그녀를 걱정하는 사람, 그녀를 원하는 사람이 아무도 없었다.

설열음의 엄마가 작년에 병으로 돌아가셨기 때문이다.

태어나면서부터 설열음은 그녀의 아빠가 누군지도 모르고 엄마와 둘이 자랐다.

외가 쪽에서는 무당이 된 엄마와 오래전에 연을 끊었다.

그녀는 세상 속에 철저히 혼자였다.

그게 외롭기도 했다. 하지만 외로움이라는 감정에는 이미 익숙해질 대로 익숙해진 터였다.

원치도 않는 타인의 미래를 보느니 이대로 외톨이로 사는 게 훨씬 낫겠다는 생각도 들었다.

한데 아무리 노력해도 멀어질 수 없는 대상이 있었다.

바로 그녀가 평생을 몸담고 살아온 지구였다.

그녀에게는 몇 년 주기로 지구의 미래가 보였다.

그리고 1년 전, 지구의 예지몽을 꾸었다.

꿈속에서 펼쳐진 건 지금과 똑같은 광경이었다.

하늘에 아름다운 여인의 얼굴이 나타났다.

그다음에는 여인의 얼굴이 사라지고 외계 종족의 침략이 이어졌다.

지구인들은 외계 종족과 큰 전쟁을 벌였고, 4만의 인구가 희생당했으며, 한국 땅의 10분의 1이 초토화됐다.

그것이 설열음이 본 미래였다.

그녀의 예지몽은 한 번도 빗나간 적이 없었다.

그러나 이번에는 시기부터 빗나갔다.

하늘에 데모니아의 얼굴이 나타나는 건 몇 년이 더 지난 후의 일이다.

미래가 뒤틀려 버린 모든 이유는 바로 전율 때문이었다.

"…그래서 처음엔 혼란스러웠어요. 율 님으로 인해 미래가 바뀌었고, 그로 인해서 저는 앞으로 지구의 운명이 어디로 향할지 알 수 없게 되었으니까요. 제가 알고 있는 미래보다 더 참혹할지, 아니면 그 반대일지… 아무것도 알 수가 없어요."

"그랬군요."

설열음의 긴 이야기를 다 듣고 난 전율이 생각에 잠겼다.

그녀는 깊고 아픈 사연을 가지고 있었다.

타인의 미래를 볼 수 있다는 게 어떤 건지 전율은 잘 안다.

그 역시 미래에서 과거로 회귀했기 때문이다.

하지만 전율은 미래를 바꿔 나가고 있다.

전율과 설열음이 다른 건 그녀는 타인의 미래에 간섭할 수 없다는 것이다.

그리고 또 하나.

설열음은 타인의 미래는 볼 수 있으나 본인의 미래는 볼 수 없었다.

이러한 상황에서 미래도 알 수 없고 자신의 운명 또한 어디로 가게 될지 예측이 불가하니, 평상심을 유지하던 설열음도 조금 흔들리고 만 것이다.

전율은 그런 그녀의 심정을 이해했다.

"열음 씨."

"네."

"열음 씨가 뭘 걱정하고 있는지 압니다. 하지만 걱정 마세요. 저는 지구에 닥칠 불행을 막기 위해 미래에서 돌아온 겁니다. 두 번 다시… 제가 겪었던 그 지옥이 되풀이되게 하지 않을 겁니다."

전율은 확신에 차 말했다.

그의 힘 있는 음성에 실려 나오는 단어 하나하나에 결연한 의지가 담겨 있었다.

설열음은 본래 타인의 말에 잘 휘둘리는 사람이 아니다.

그렇지만 지금 전율의 얘기는 믿음이 갔다.

그녀의 고개가 미세하게 끄덕여졌다.

"알겠어요. 더 이상 걱정하지 않을게요."

"믿어줘서 고마워요."

"믿음을 주셨으니까요."

둘의 이야기가 마무리되어 갈 때 즈음, 펜션의 현관문이 벌컥 열리며 부산스럽게 세 사람이 들어섰다.

이건, 김기혜, 장철수였다.

"뭐야! 둘이서 가까이 붙어 뭐 하는 거야!"

이건이 눈에 불을 켜고 달려와 둘 사이에 끼어들었다.

김기혜는 어디서 난 건지 뿔피리를 신나게 불어젖혔다.

"뿌우~! 뿌우~! 로맨스의 시작인 건가요? 혹시 지금 키스 타이밍인데 우리가 들이닥친 거? 꺄아아악~! 그렇다면 다시 나가 드리겠다는!"

장철수가 얼굴이 시뻘게져서 표독스럽게 소리쳤다.

"새파랗게 어린 것들이 지금 공공장소에서 뭐 하는 것이여! 아주 그냥 발랑 까져서는 둘이 키스나 하려 그러고 말이여! 아주 내가 부러워!"

마무리가 이상했다.

김기혜와 이건이 장철수를 게슴츠레 쳐다봤다.

장철수가 멍하니 서 있다가 뒷머리를 긁적였다.

"허, 허허… 나도 아직 가슴에 청춘이 살아 있는 모양이야. 그렇지?"

김기혜과 이건이 고개를 절레절레 저었다.

잠시 동안의 소란이 있은 후, 다른 이들도 하나둘 펜션에 도착했고, 12시가 되기 전에 모든 인원이 모였다.

"그럼 마스터 콜에 접속하겠습니다."

그렇게 또다시 성장을 위한 마스터 콜이 시작되었다.

*   *   *

어스 뱅가드 멤버들이 각자의 집에 다녀온 후, 합숙을 시작한 지 일주일이 지났다.

그 일주일 동안 모든 이들은 전과 비교도 할 수 없을 만큼 강해져 있었다.

현재 그들은 전부 지하 2층까지 클리어한 상황이었다.

물론 그것은 전율의 전폭적인 도움이 있었기에 가능했다.

전율은 멤버들보다 앞서서 지하 2층까지 클리어한 후에는 그들과 같은 층에 접속했다.

멤버들과 같은 층에 들어선 전율이 하는 일은 거의 없었다.

그는 자신의 주어진 퀘스트 조건만 만족한 뒤, 말없이 멤버들의 활약을 지켜보았다.

멤버들은 퀘스트를 완료하면 남아 있는 외계 종족의 수를 확인하고 오버 퀘스트를 해야 할지 말아야 할지를 판단했다.

늘 그 판단은 정확했고 단 한 명도 죽는 일이 없었다.

그렇게 빠르게 실력을 키워 나가며 멤버들은 지하 5층까지 올라왔다.

한 층 한 층 올라갈수록 상대해야 하는 외계 종족들은 점점 더 강해졌다.

한데 지하 5층부터 전율은 외계 종족의 수가 아무리 많아도 무조건 오버 퀘스트에 돌입하라 명했다.

어스 뱅가드 멤버들에게 전율의 말은 절대적이었다.

그들은 멤버들의 목숨을 가장 아끼는 전율이 왜 그런 무모한 명을 내리는 건지 의아해하면서도 따를 수밖에 없었다.

지하 5층에서 맞닥뜨린 외계 종족의 수는 12만가량이었다.

3백여 명가량 되는 모험가들이 맞서 싸우고 있으며, 계속해서 다른 모험가들도 전장에 합류하는 중이었으나 오버 퀘스트를 진행하기에는 무리가 있었다.

전율은 석실에서 나오자마자 전장에 뛰어들었다.

지하 5층의 기본 퀘스트는 천 마리의 외계 종족을 섬멸하는 것이다.

전율은 딱 천 마리를 잡은 뒤, 다시 전장에서 발을 뺐다.

그가 천이나 되는 생명을 꺼뜨리는 데 걸린 시간은 고작 5분에 불과했다.

어스 뱅가드 멤버들은 전율의 신위(神威)에 놀라워하며 전장으로 향했다.

전율만큼은 아니지만 멤버들도 자신의 역량을 십분 발휘하며 외계 종족들은 비교적 무난하게 사냥해 나갔다.

모든 이가 퀘스트를 끝내고 나니 남은 외계 종족의 수는 9만 정도였다.

멤버들은 전율의 뜻에 따라 오버 퀘스트를 수락했다.

오버 퀘스트는 남은 외계 종족을 전멸시켜야 끝이 난다.

멤버들은 일단 외계 종족의 머릿수를 빨리 줄여야 승산이 있다고 판단했다. 해서 초반부터 전력을 다해 외계 종족을 쓸어버리기 시작했다.

견우리는 버서커 모드에 돌입했다.

그녀의 능력이 성장하며 버서커 모드는 20분간 유지할 수 있었고, 모든 힘이 사라져 일반인과 다를 바 없어지는 후유증은 2분으로 줄어들었다.

버서커 모드에 돌입한 견우리는 신체 능력으로만 따지면 어스 뱅가드 멤버들 중 최강이었다.

강철화 능력을 가진 이건조차도 버서커 모드의 견우리는 당할 수가 없었다.

견우리의 뒤를 조하영이 매혹으로 홀린 3천의 외계 종족 군단을 거느리며 따랐다.

외계 종족들은 조하영의 손짓 한 번에 망설임 없이 동족상잔을 일으켰다.

매혹이 무서운 건, 자의식을 잃어버리고 남에게 조종당하기 때문에 육신의 고통까지 무시해 버린다는 점이다.

매혹에 걸린 외계 종족들은 마치 언데드 몬스터처럼 목이 잘리지 않는 한, 배에 바람구멍이 뚫리고 팔다리가 잘려도 계속해서 전투를 이어나갔다.

이건과 루채하는 언젠가부터 합이 아주 잘 맞는 파트너가 되었다.

그들은 전장에서 늘 붙어 다니며 서로의 등을 맡아 전투를 벌였다.

이건의 강철화는 이제 육신 전체를 오러화시키는 경지까지 이르렀다.

오러의 기운이 몸을 감싸는 게 아니다.

몸 자체가 오러의 성질로 변해 버리는 것이다.

스치기만 해도 사망이라는 말은 이건의 능력을 위해 만들 어진 거라 해도 과언이 아니었다.

루채하는 음속보다는 빠르고 광속에는 조금 못 미치는 속 도로 달려 나가며, 전보다 강력해진 바람의 힘을 이용해 외계 종족을 섬멸해 나갔다.

그가 손을 한 번 휘두를 때마다 주변에 미칠 듯한 광풍이 몰아쳤다. 한데 그 광풍은 수백 개의 바람의 칼날로 이루어져 있었다. 아무것도 모른 채 루채하의 주변으로 다가온 외계 종 족들은 몸뚱이가 수십 조각 나 죽어 넘어졌다.

유지광의 무형검은 본래 한 자루였던 것이 이제 두 자루로 늘어났다.

게다가 위력 역시 훨씬 강력해졌다.

보이지 않는 검이 강철도 두부 썰듯 잘라 버리고, 마음대로 늘어났다 줄어들었다, 휘어지기까지 하니 외계 종족들은 유지광의 머리카락 하나 건드리기가 어려웠다.

무형검의 공격 범위에 들어오는 순간 썰려 버리기 때문이다.

현재 무형검의 사정권은 20미터였다.

설염음과 진태군은 마법이 7서클 수준까지 올라 있었다.

설열음의 빙결 마법과 진태군의 화염 마법은 기묘한 시너지를 발휘하며 적들을 속수무책으로 당하게 만들었다.

파괴력만 놓고 보자면 단연 그들의 마법이 최강이었다.

게다가 광역 마법도 얻게 되었으니, 자타 공인 전장의 최강 대미지 딜러들이라 할 수 있었다.

장도민의 배리어는 이제 결코 뚫리지 않는 철벽이 되었다.

일전에 한번 이건이 오러화된 주먹으로 장도민의 배리어를 때린 적이 있었다.

배리어의 강도를 알아보기 위함이었다.

결과는 이건이 주먹을 움켜쥐고 고함을 지르며 펄쩍펄쩍 뛰게 되었다.

그런 배리어를 장도민은 작은 탄처럼 만들어 적들의 몸에 날리는 걸 가능케 했다. 한데 거기서 끝이 아니었다. 마스터 콜을 계속하는 동안 장도민은 새로운 공격법을 만들어냈다.

바로 배리어를 수백 가닥의 실 줄기처럼 나눠 버리는 것이었다.

장도민은 실타래처럼 변한 배리어로 적의 몸을 꿰뚫거나 친친 묶어 조각을 냈다.

이제 그의 배리어는 동료를 보호하는 것뿐만 아니라 적을 공격하는 데에도 최적화가 된 것이다.

이서진 역시 중력 제어 능력이 전보다 월등히 강해졌다.

그는 한 지역의 중력만 제어할 수 있었으나, 이제는 일정 공간의 중력까지 제어하게 되었다.

즉, 외계 종족과 전투를 벌이다 놈의 머리를 둘러싼 공간의 중력을 제어해서 공기의 압력을 높여, 뇌를 터뜨리는 식의 공격이 가능하게 된 것이다.

하나, 이서진의 중력 제어는 적의 살상보다 아군의 지원에 더 포커스가 맞춰져 있었다.

그는 중력 제어를 적재적소에 사용하며 외계 종족의 발을 묶어 아군을 돕는 데 주력했다.

물론 그러는 와중에도 자신이 맡은 퀘스트는 충실히 수행해 나갔다.

장철수는 외계 종족을 상대할수록 점점 더 강해졌다.

그는 이제 도저히 노인으로 볼 수 없는 얼굴과 육신을 갖고 있었다.

생령을 흡수하면 할수록 젊음을 되찾아갔다.

겉보기에 그의 나이는 아무리 많이 쳐줘도 30대 중반 정도밖에 되어 보이지 않았다.

검은 머리카락과 탄탄한 구릿빛 근육, 게다가 총기를 되찾은 눈까지! 누가 그를 늙은이로 보겠는가?

게다가 장철수는 여태껏 만나온 외계 종족의 능력까지 사용하고 있었다.

처음에는 가장 걱정되는 인물이었으나, 지금은 어스 뱅가드 멤버 중 실력으로 따지자면 당당히 넘버투의 자리를 차지하고 있었다.

그렇다면 넘버원은?

김기혜였다.

아무리 대단한 능력도 그녀의 광속학 능력을 넘어설 순 없었다.

그녀는 링을 갖게 되는 족족 스토어에서 이런저런 서적을 사서 익혔다.

그 결과 육체 능력과 무술 실력은 탑이었고, 오러를 다룰 수 있었으며, 물, 불, 바람, 대지의 네 가지 마법을 모두 구사하게 되었다. 뿐만 아니라 그녀는 모든 무기를 다룰 수 있는 웨폰 마스터(Weapon Master)였다.

실로 어스 뱅가드의 멤버들은 하나하나가 다 괴물이었다.

그들은 다행히 전율의 도움 없이 지하 5층의 오버 퀘스트를 무사히 마쳤다.

그다음엔 바로 지하 4층으로 진입했다.

이번에도 전율은 그들이 싸우는 양을 그저 지켜만 보았다. 그러다가 오버 퀘스트를 수락했고, 초중반까지는 무리 없이 전투를 이어나갔다.

하지만 후반에 가서 힘이 달리며 외계 종족에게 역공을 당했다.

그때쯤엔 어스 뱅가드를 제외한 다른 모험가들도 별로 존재치 않았다.

오버 퀘스트에 돌입해 외계 종족을 잘 상대해 나가던 모험가들은 어스 뱅가드 멤버들이 무너지자 함께 무너져 족족 죽임을 당했다.

어스 뱅가드 멤버들 역시 절체절명의 상황에 놓았다.

이대로 가다가는 외계 종족들에게 죽임을 당하겠다 싶은 그때, 비로소 전율이 움직였다.

전율은 한 줄기 광풍이었다.

그가 멤버들의 앞을 막아서서 다가오는 외계 종족을 일거에 물리치고 전장을 크게 휘저으며 달렸다.

그것으로 끝이었다.

어스 뱅가드 11인을 위협하던 외계 종족은 전율 단 한 명에게 섬멸당했다.

이후 전율은 계속해서 어스 뱅가드 멤버들을 단련시켰다.

그렇게 일주일이 지난 시점에서 지하 2층까지 클리어했고,

오늘 남은 마스터 콜은 단 한 번이었다.

　전율은 멤버들과 함께 마지막 마스터 콜에 접속, 지하 1층
으로 들어섰다.

Chapter 52.
지하 1층

석실의 문이 떨어져 나갔다.

전율을 비롯한 어스 뱅가드 멤버들은 석실에서 걸어 나왔다.

그들이 발 디디고 선, 전장은 온통 붉은 기암괴석으로 가득한 곳이었다.

게다가 하늘도 붉었다.

마치 모든 세상이 피를 머금은 듯했다.

하늘에는 99,837이라는 숫자가 떠 있었다.

어스 뱅가드 멤버들은 전율을 중심으로 뭉쳐 전장을 바라보았다.

삼백여 명의 모험가들이 하늘을 나는 가오리 형태의 외계 종족과 혈투를 벌이고 있었다.

외계 종족의 머리 위에는 '바라스탕스'라는 이름이 떠 있었다.

바라스탕스는 온몸이 철갑 비늘로 뒤덮여 있는 거대 가오리 같았다.

성체의 몸길이는 평균 12미터였고, 아직 성체가 되지 못한 바라스탕스도 가장 작은 녀석이 무려 3미터나 되는 거구를 자랑했다.

가끔 성체 중에서 유난히 덩치가 좋은 놈들은 15미터나 되는 육중한 몸을 가지고 있었다.

바라스탕스는 긴 꼬리를 휘휘 저으며 하늘을 날아다녔다.

그들은 입에서 독과 지독한 산성액을 토해냈다.

뿐만 아니라 뇌전 마법에 화염 마법까지 다뤘으며, 비늘을 미사일처럼 날려 공격했다.

비늘의 강도는 노란빛의 오러와 맞먹을 정도였다.

비늘은 떨어져 나가는 즉시 새로 재생되어서, 끊임없이 공격을 퍼붓는 게 가능했다.

거기에 사위 10미터 내에서 자유자재로 공간이동이 가능했다.

이 정도만 해도 상대하기 버거운 종족인데, 지상에 내려오지 않고 하늘에서만 놀아대니 모험가들의 입장에서는 환장할 노릇이었다.

전율은 전장에 바로 뛰어들지 않고 바라스탕스를 지켜보다 마더에게 물었다.

'마더. 과거 외계 종족과 비교한다면 바라스탕스의 레벨은 어느 정도지?'

[다섯 번째로 지구를 침략했던 외계 종족과 비슷합니다.]

지금까지 전율과 어스 뱅가드 멤버들은 비교적 무난하게 지하 2층까지 클리어했다.

이대로 지하 1층의 퀘스트까지 무사히 클리어한다면, 어스 뱅가드 멤버들은 다섯 번째 외계 종족이 침략해도 맞서 싸울 수 있을 정도의 수준이라는 결론이 나온다.

물론 오로지 이 멤버들로만 싸우게 된다면 수적 열세를 극복 못 하겠지만, 그건 전율이 앞으로 더 많은 멤버를 모아 해결할 문제다.

지하 1층의 퀘스트는 바라스탕스 100마리를 섬멸하는 것이다.

여태껏 받아왔던 퀘스트에 비하면 잡아야 하는 외계 종족의 수가 현저하게 줄었다.

그만큼 바라스탕스는 강한 녀석들이라는 뜻이다.

여기서 중요한 건, 이 퀘스트는 모험가들의 평균치에 맞춰진 것이라는 점이다.

어스 뱅가드 멤버들은 이미 모험가들의 평균 능력치를 훨씬 뛰어넘었다.

바라스탕스가 지금까지 상대했던 외계 종족 중 가장 강한 건 맞지만, 100마리를 섬멸하는 건 어스 뱅가드 멤버들에게 어려운 퀘스트가 아니었다.

"우선 퀘스트를 완료합니다."

"좋아! 내 오러화로 다 때려잡겠어!"

이건이 팔을 걷어붙이며 나섰다.

"오러화?"

이서진이 이건을 바라보며 심드렁하게 물었다.

"응! 이름 바꿨어! 강철보다 강한 오러의 육신을 얻었으니까 이름도 강해져야지! 그래서 지금부터 내 능력은 오러화다! 으하하하하!"

"좋을 대로 해라, 원숭이 같은 놈."

이서진이 콧방귀를 피식 꼈다.

"누가 원숭이야!"

"욕 처먹기 싫으면 존댓말부터 배워, 새끼야."

이서진은 길길이 날뛰는 이건에게 일갈을 날렸다.

욕을 얻어먹은 이건은 눈이 돌아가 이서진에게 달려들려

했다. 하지만 그럴 수 없었다.

전율이 위압의 기운으로 이건을 짓눌러 버린 것이다.

"이서진 씨의 말 틀린 거 없다. 넌 너무 건방져, 이건. 하지만 평소에는 터치하지 않겠어. 다만, 전투에 돌입했을 때, 팀 분위기를 흐린다면 가만두지 않겠다."

"…크윽!"

이건은 전율에게 저항하고 싶었지만 그럴 수 없었다.

그만큼 전율의 위압감은 어마어마했다.

"내 말 알아듣겠으면, 대답해."

"…알았어."

고삐 풀린 망아지의 코에 다시 고삐가 채워졌다.

어수선했던 분위기가 정리되자마자 전율은 전장으로 달려 나갔다.

멤버들도 그 뒤를 따라 신형을 날렸다.

＊　　　＊　　　＊

확실히 바라스탕스들은 강했다.

2층의 외계 종족들을 상대하면서도 압도적인 우위를 자랑하던 어스 뱅가드 멤버들이었다.

하지만 바라스탕스를 상대로는 전처럼 수월한 전투를 이어

나가지 못했다.

물론 일대일의 전투라고 한다면 어스 뱅가드 멤버들이 얼마든지 제압할 수 있었다.

하나 바라스탕스의 수는 많았다. 게다가 지능도 뛰어났다. 놈들은 전술을 알았고, 수십 가지의 전술을 펼치는 데 능숙했다.

그것은 평소에 전술 훈련을 하고 있다는 뜻이다.

게다가 같은 전술이라도 상황에 따라 조금씩 변형시켜 대응하는 게 가능했다.

그렇다 보니 상대하기가 영 까다로운 게 아니었다.

가장 큰 문제는 그놈들이 하늘에서 도통 내려오지를 않는다는 것이다.

서로 떨어져서 각개전투를 벌이던 어스 뱅가드 멤버들은 한 시간이 지나도록 바라스탕스를 겨우 열 마리 정도밖에 잡지 못했다.

전율은 전장에 나서지 않고 뒤에 서서 팔짱을 낀 채 방관하고 있었다.

그로서도 지하 1층에 진입하는 건 처음이었다.

다른 층은 몰라도 지하 1층만큼은 멤버들과 함께 클리어하고 싶었기에 위험을 부담하면서도 일부러 발을 들이지 않았었다.

지하 1층이 마스터 콜의 마지막 관문이라는 걸 지하 2층에 처음 들어섰을 때, 페이에게서 들었기 때문이다.

전율은 마스터 콜을 모두 완료하면 어찌 되느냐 물었다.

페이는 거기에 대해선 대답을 아꼈다. 다만, 직접 눈으로 확인하라 했을 뿐이다.

전율은 그것을 어스 뱅가드 멤버 모두와 확인하고 싶었다.

그래서 지하 1층을 멤버들과 함께 올라왔다.

미리 정찰을 했던 다른 층에 비해 아무런 정보도 없이 올라온 지하 1층은 확실히 멤버들에게 위험 부담이 있었다.

하지만 그 위험이라는 건 전율이 나서는 순간 사라진다. 그는 어떤 상황에서라도 멤버들을 지킬 자신이 있었다.

그러나 그가 나서는 건 멤버들의 목숨이 경각에 달했을 때뿐이다. 그 전까지는 손가락 하나 꿈쩍하지 않는다는 게 철칙이다.

그래야 멤버들이 강하게 성장할 수 있기 때문이다.

지금도 어스 뱅가드 멤버들은 약간의 수세에 몰려 있었다.

"모두 후퇴해서 뭉쳐!"

한참 바라스탕스에게 배리어 탄환을 날리던 장도민이 소리쳤다.

멤버들은 장도민의 말에 따라 전장에서 몸을 빼 한데 뭉쳤다.

장도민이 멤버들을 훑어보며 빠르게 말했다.

"이거 다 흩어져서 싸우면 답이 안 나와. 뭉쳐야 돼. 저 새끼들도 지금 최소 오십 마리씩 뭉쳐 다니면서 전술로 조지고 있단 말이야. 그러니까 우리도 뭉쳐서 시너지 효과를 내야 돼."

"근데 우리는 전술 같은 거 배운 적이 없잖아?"

진태군이 말했다.

"아니, 형님. 전술은 배운 적 없어도 이능력이 있잖아."

장도민은 이미 어스 뱅가드 내의 모든 멤버들과 형님 아우 하는 사이였다. 그가 진태군에게 이능력을 어떻게 활용해야 하는지 설명했다.

"우선 서진이 형님이 중력 제어로 저 새끼들 한 그룹씩 땅에 떨어뜨려. 아까 보니까 그 좋은 능력 갖다가 한 놈 한 놈 뇌만 조지고 있더만! 그나마도 눈치 빠른 새끼들이라 나중엔 중력의 변화가 느껴진다 싶으면 토끼고. 안 그래?"

"알았어, 새끼야. 작전이나 계속 얘기해."

"일단 저놈을 최소 오십 마리씩 뭉쳐 다닌다고. 서진이 형이 중력 제어로 그 정도는 땅바닥에 찰싹 달라붙게 해줘야 돼. 가능해?"

"백 마리도 문제없어."

"오케이! 그럼 그다음에는? 그냥 평소처럼 조지는 거야!"

"그, 그게 다야?"

루채하가 어이없다는 듯 되물었다.

이건 작전이라고 할 수도 없었다. 너무 간단했다.

장도민은 루채하에게 고개를 획 돌렸다.

"그럼 뭘 더 해? 어차피 저 새끼들 하늘에서만 전술 펼칠 줄 알지, 땅에서는 못 한다고. 게다가 중력 제어에 당해서 꼼짝달싹할 수 없는데 어쩔 거야?"

처음엔 어처구니가 없었으나 듣다 보니 맞는 얘기였다.

"다른 의견 있으신 분?"

장도민이 물었고, 아무도 나서지 않았다.

의견은 통일되었다.

어스 뱅가드 멤버들은 다 같이 뭉쳐 다시 전장으로 달려 나갔다.

*　　　*　　　*

장도민의 작전은 제대로 먹혔다.

적어도 초반에는 말이다.

바라스탕스는 이서진의 중력 제어에 당해 바닥에 쥐포처럼 달라붙었고, 그 직후 어스 뱅가드 멤버들의 총공격이 이어졌다.

한 명 한 명이 일당백의 사람들이다.

그들의 이능력을 고스란히 받아낸 바라스탕스들은 잠시도 버티지 못하고 녹아내리듯 사라졌다.

그렇게 똑같은 작전으로 서너 번을 더 이어나갔다.

바라스탕스들은 여전히 속수무책으로 당했다.

한데, 그다음부터 변화가 일어났다.

하늘을 날아다니던 바라스탕스들이 일제히 대지로 내려서기 시작한 것이다.

모험가들은 이게 웬 떡이냐 하며 달려들어 바라스탕스들을 사냥해 나갔다.

선두에 있던 바라스탕스들은 모험가들의 공격을 견디지 못하고 무력하게 죽어나갔다.

한데 그 뒤에서 아무런 공격도 받지 않고 무사히 착륙한 바라스탕스들은 형태가 바뀌기 시작했다.

온몸의 가죽이 꿀럭거리며 이리저리 뒤틀리고 재조합되었다.

육신이 재구성되며, 온몸의 비늘이 진득거리는 진액과 함께 전부 떨어져 나가고 다시 자랐다.

필요 없는 가죽과 피부가 도마뱀 꼬리처럼 잘려 바닥에 철떡철떡 널브러졌다.

스스로 잘라낸 육신의 상처에선 금새 새 피부와 가죽이 자라났다. 그것을 다시 강철 비늘이 뒤덮었다.

이윽고 완벽한 변형을 끝낸 바라스탕스들은 육중한 뒷다리와 굵은 꼬리, 유연하게 휜 몸통에 짧은 앞발을 가진 모습을 하고 있었다. 그 형태가 꼭 티라노사우스르와 비슷했다. 하지만 머리는 바퀴벌레를 닮았다.

갑자기 변해 버린 바라스탕스들로 인해 모험가들은 적잖이 당황했다.

구오오오오오오오!

바라스탕스들이 일제히 포효하며 거칠게 돌진했다.

쿠구구구구구궁!

평균 15미터나 되는 거구의 생명체가 발을 구르니 지축이 흔들렸다.

놈들은 여전히 입에서 독극물과 산성액을 뿜어댔다. 물론 뇌전 마법과 화염 마법도 똑같이 구사했다. 비늘 공격도 여전했다. 한데 거기에 더해서 날카로운 이빨로 물어뜯고, 손톱으로 찢고, 뒷발로 밟는가 하면 꼬리를 휘둘러 모험가를 공격했다.

특히 바라스탕스의 거대한 꼬리엔 작은 바늘들 수백 개가 촘촘히 박혀 있었는데, 바늘 하나하나엔 극독이 묻어 있었다.

한 방울이면 코끼리 백 마리도 죽일 수 있는 엄청난 독이었다.

모험가들은 전보다 더 강해진 바라스탕스를 상대로 고전하고 있었다.

"저 새끼들 변신했는데, 이제 어떻게 하누!"

장철수가 놀라 소리쳤다.

"뭘 어떻게 해, 할아범! 이제까지 그랬던 것처럼 때려 죽여야지!"

이건이 소리치며 달려 나가려 했다.

그런 이건의 뒷덜미를 루채하가 초음속으로 달려와 낚아챘다.

"으억!"

뒤로 벌렁 나자빠진 이건이 벌떡 일어나 악을 썼다.

"아, 왜 그래! 형 미쳤어?"

"그게 아니라 좋은 생각이 떠올라서."

"좋은 생각?"

루채하가 장도민을 바라봤다.

"도민아. 네 배리어 바라스탕스 놈들 공격은 버티지?"

"당연하지."

"그럼 이렇게 하자. 네가 배리어로 바라스탕스 놈들을 한 열 마리 정도씩 우리와 함께 가둬."

장도민은 루채하가 무슨 생각을 하는 건지 대번에 알아차리고선 손가락을 딱 튕겼다.

"열 마리씩 가둬서 패 죽이자는 거지?"

"응."

"그거 기가 막힌 생각이네! 그렇게 하자! 다들 나한테서 떨어지지 말고 움직여! 내가 앞장설게!"

장도민을 선두로 어스 뱅가드 멤버들이 다시 움직였다.

멤버들과 바라스탕스 무리의 거리가 가까워지는 순간, 장도민은 작전대로 배리어를 펼쳐 열 마리의 바라스탕스를 가두었다.

그러자 배리어에 들어오지 못한 바라스탕스들이 꼬리로 배리어를 후려치고 머리로 들이받았다. 이빨로 배리어를 물어뜯는 녀석들도 있었다.

하지만 배리어는 그 정도 충격에 꿈쩍도 하지 않았다.

두둑! 두두둑!

이건이 손가락 마디를 꺾으며 하얀 이를 드러냈다.

"잘 걸렸다, 이 도마뱀 새끼들."

                    *   *   *

상황은 루채하가 예상했던 대로 풀려 나갔다.

바라스탕스들은 장도민의 배리어를 부수지 못했다.

그리고 배리어 안에 갇힌 바라스탕스들은 어스 뱅가드 멤버들에게 압도적으로 짓눌렸다.

그렇게 한 시간이 흘렀을 때, 어스 뱅가드 멤버들은 전원 기본 퀘스트를 완료했다.

그때서야 전율도 움직였다.

그의 신형이 유령처럼 사라지는가 싶더니, 바라스탕스의 무리 한복판에 나타났다.

그 움직임이 워낙 전광석화 같아 바라스탕스들은 미처 전율의 존재조차 인지하지 못했다.

현재 전율의 상태는 오러 11랭크, 마나 10랭크, 스피릿 8랭크였다.

오러가 전보다 두 단계 업그레이드되면서 그는 빛보다 빠르게 움직일 수 있게 되었다.

그것은 움직인다기보다 공간이동을 한다고 보는 게 더 나았다.

이미 오러는 오러 마스터의 경지에 올라 더 강해질 것이 없었다. 그의 육신은 이건처럼 전부 다 오러화되었다. 다만 다른 건 이건의 오러화는 발동해야 나타나는 능력이지만, 전율은 항상 몸이 오러화의 상태라는 것이다.

더불어 언제든 오러화를 풀고 일반적인 사람의 육신인 채로 활동할 수도 있었다.

마나 역시 랭크가 세 단계가 업그레이드되면서 그 위력이 십수 배 강력해졌다.

스피릿도 마찬가지였다.

새로 얻게 된 기술은 없었으나 위압, 호의, 지배, 최면, 신안의 기운이 더 강해졌다.

특히 신안은 상대방의 기운만 볼 수 있게 됐던 기존의 능력에서 한 가지가 더 추가됐다.

바로 상대방의 가장 약한 부위, 즉 약점이 어디인지를 파악할 수 있게 된 것이다.

어떤 생명체든 전율의 눈에는 한 방에 즉사시킬 수 있는 사점(死点)이 보였다.

지금도 그랬다.

바라스탕스의 사점은 머리와 몸통 중앙의 뱃속 깊은 곳이었다.

머리에 뇌가 있고, 뱃속엔 심장이 있었다.

둘 중 하나만 파괴하면 바라스탕스는 죽는다.

하지만 전율은 굳이 놈들의 약점을 공략할 필요가 없었다.

굳게 쥔 전율의 두 주먹에 거대한 오러의 덩어리가 맺혔다. 그것은 곧 수축하며 환한 빛을 뿜어냈다.

여태껏 한 번도 사용한 적 없던 기술, 오러 플라즈마를 시전하려는 것이다.

그러나 전력을 다할 생각은 없었다.

그가 구현할 수 있는 최대 파괴력의 십분의 일 정도만 힘을 실었다.

"오러 플라즈마."

전율이 나직하게 읊조리며 두 주먹을 번갈아 땅에 박아 넣었다.

콰쾅!

타격점에서 거대한 굉음이 울렸다.

이윽고 타격점을 중심으로 환한 빛과 함께 충격파가 터져 나왔다.

그제야 전율의 존재를 발견한 바라스탕스 무리가 날카로운 이빨을 드러내며 몰려들었다.

녀석들은 전율에게 독극물과 산성액을 토해냈다.

하지만 전율은 만독불침에 오러화된 육신을 갖고 있었다.

독극물과 산성액은 그에게 아무런 해도 입힐 수 없었다.

바라스탕스 무리가 전율의 주변을 포위해 완전히 뒤덮었다.

오러 플라즈마로 인한 충격파는 갈수록 거세졌다.

구오오오!

구오오오오오!

전율의 주변으로 거대한 바라스탕스들이 우르르 몰려들어 매서운 공격을 퍼부었다.

그때였다.

점화했던 오러 플라즈마의 심지가 전부 타들어갔다.

쿠콰아아아아앙!

거대한 폭발이 일며 하얀 섬광이 사위를 뒤덮었다.

구우우우우!

구오오옥!

섬광에 휩싸인 바라스탕스들은 고통에 찬 비명을 질러댔다.

놈들의 육신은 섬광에 짓이겨 수십, 수백 조각으로 나누어진 뒤, 전부 녹아 사라졌다.

전율을 중심으로 사방 30미터 내에 있던 100여 마리의 바라스탕스들이 살점 한 조각도 남기지 않고 소멸되었다.

전율의 왼쪽 손등에 102라는 숫자가 적혔다.

단 한 번의 공격으로 정확히 바라스탕스 102마리가 죽은 것이다.

그에 죽어버린 바라스탕스의 주변에 있던 다른 바라스탕스 무리는 전부 전율을 주시했다.

그들에겐 전율이 가장 먼저 척살해야 하는 대상이 되었다.

구오오오오오!

전보다 많은 수의 바라스탕스들이 전율에게 돌진했다.

그러나 그것은 제 죽을 줄 모르고 불길로 뛰어드는 나방들과 다름없는 꼴이었다.

전율이 이슈반을 꺼내 크게 휘둘렀다.

서거걱!

단 한 번의 공격에 전율의 지척까지 다가왔던 바라스탕스 세 마리가 목이 잘려 쓰러졌다.

하지만 그 수십 배에 달하는 바라스탕스들이 전율에게 몰려드는 중이었다.

전율은 그간 사용하지 않았던 비기의 위력을 시험해 보기로 했다.

"비기. 오르간."

이슈반을 귀속시킴으로써 얻게 되는 비기 오르간이 드디어 시전되었다.

순간 전율의 주변에서 폭풍이 일었다.

이어, 섬세함과 거친 기운이 동시에 터져 나왔다.

전장에 있던 모험가들과 어스 뱅가드 멤버들은 물론, 바라스탕스들까지 전율의 기운을 느끼고 일제히 행동을 멈췄다.

모든 이의 시선은 오르간을 시전한 전율에게 향했다.

하지만 그 누구도 오르간의 실체를 파악할 수 없었다.

거대한 바라스탕스 무리에게 둘러싸여 전율의 모습이 보이지 않았기 때문이다.

강렬한 기운은 찰나지간 전장을 물들였다가 사라졌다.

이어, 믿을 수 없는 광경이 벌어졌다.

촤자자자자작!

전율의 근처에 모여들던 백오십여 마리의 바라스탕스들의 육신이 다진 고깃덩이가 되어 허물어졌다.

후두둑! 털푸덕!

"율 리더… 뭘 한 거야?"

이건이 질린 음성을 흘렸다.

오러 플라즈마도 대단했지만, 짧은 순간 강렬하게 폭발했다가 사라지며 백오십의 바라스탕스를 소리 없이 잡아버린 오르간은 더 대단했다.

뭘 어떻게 하면 눈 깜짝할 새 저 많은 녀석들을 다져 놓을 수 있는 건지 도통 알 수가 없었다.

게다가 더 놀라운 건.

"전장에서 한눈팔지 마십시오."

"흐억!"

바라스탕스의 시체 더미에 파묻혔을 것이라 생각했던 전율이 어스 뱅가드 멤버들의 뒤에 서 있었던 것이다.

"가, 간 떨어질 뻔했잖아요. 흐아아앙… 율 리더 이상해에에에. 갑자기 막 여기저기서 나타나고 귀신 같애애애애."

어제부로 조증에서 다시 우울증 모드로 들어선 견우리가 눈물을 펑펑 흘리며 울었다.

"예, 예끼! 늙은이를 놀라게 하면 쓰나! 아이고, 아이고오~ 심장마비 올 뻔했네."

장철수가 가슴을 쓸어내렸다.

"다시 전투에 집중하세요."

"그래! 율 리더 동에 번쩍 서에 번쩍 하는 거 한두 번 겪어? 얼빠져 있지 말고 빨리 싸워!"

장도민의 고함에 어스 뱅가드 멤버들은 잠시 흐트러진 정신을 다잡았다.

"전투에 집중하라는 건 오버 퀘스트 수락하란 얘기지?"

이서진이 물었다.

"그렇습니다."

전율의 대답에 모든 멤버가 오버 퀘스트를 수락했다.

남아 있는 바라스탕스의 수는 82,381.

그에 비해 모험가들의 수는 현저히 적었다.

게다가 대부분이 기본 퀘스트만 완수하고 돌아갔다.

전장에서 떠나는 모험가만큼 새로 유입되는 모험가도 많았지만, 전체 병력의 수가 변함이 없으니 전쟁은 장기전이 되었다.

시간이 흐를수록 어스 뱅가드 멤버들에겐 불리했다. 그들은 이능력을 무한정 사용할 수 있는 게 아니다.

힘이 떨어지면 이능력을 사용할 수 없게 된다.

그래서 어쩔 수 없이 배리어를 사용해야 하는 장도민을 제외한 나머지 멤버들은 돌아가면서 전투에 임했다.

꾸준히 돌아가고 새로 유입되는 모험가들 사이에서 전쟁을 벌인 지 한 시간 정도가 지났다.

장도민은 힘이 거의 바닥나 힘겨워하고 있었다.

이대로 가다가는 배리어 없이 싸워야 할 판이었다.

전율은 자신이 나설 때가 되었다고 생각했다.

한데 그때, 멤버들의 근처에서 싸우던 다섯 명의 모험가가 배리어 근처로 다가와 소리쳤다.

"같이 싸웁시다!"

"우리 파티원들도 오버 퀘스트를 수락했어요! 힘을 합쳐요!"

남자 넷에 여자 한 명으로 파티를 이룬 모험가들은 연합을 제의했다.

　어스 뱅가드 멤버들로서는 거절할 이유가 없었기에 그 제안을 받아들였다.

　모험가들은 배리어가 잠깐 열린 틈을 타 안으로 들어왔다.

　그들은 가장 먼저 장도민의 안색을 살폈다.

　"이능력을 너무 많이 써서 지친 것 같네요. 이걸 드세요."

　머리 위에 '제미니'라는 이름이 떠 있는 연분홍빛 머리카락의 서구적 몸매를 지닌 여인은 메고 있던 배낭에서 초록색 유리병을 꺼내 내밀었다.

　"이게 뭔데요?"

　"하토르라는 초록 꽃, 씨앗에서 추출한 기름이에요. 마시면 고갈된 모든 에너지를 빠르게 회복시켜 줘요. 그걸 드시고 조금 쉬세요."

　"내가 쉬면 배리어가 사라지고, 당장 우리 멤버들이 위험에 노출되는데요?"

　"그동안은 제 능력으로 모두를 보호할게요. 제 능력은 투명화예요."

　"투명화? 고작 그런 걸로 어떻게 보호를 한다고? 냄새 맡고 짓밟으면 어쩔 건데요?"

　"그저 투명해지는 것으로 끝나는 게 아니에요. 체취도, 소리도 사라지고 물리적, 마법적인 타격을 받지 않는 상태가 돼요."

"그게 무슨 말이야?"

그때 장도민의 힘이 완전히 고갈되었다.

동시에 배리어가 사라졌고, 주변을 포위하고 있던 바라스탕
스들이 일시에 덤벼들었다.

어스 뱅가드 멤버들이 당황해서 바라스탕스를 공격하려 할
때였다.

"인비저빌리티."

제미니가 이능력을 사용해 멤버와 그녀의 파티원들을 전부
투명화시켰다.

그리고 놀라운 일이 벌어졌다.

바라스탕스의 발이 멤버들의 몸을 짓밟고, 이빨이 목을 물
어뜯었는데 아무런 이상이 없었다.

마치, 멤버들의 모습이 홀로그램 영상이라도 된 것인 양, 그
냥 관통해서 지나갈 뿐이었다.

당황하는 어스 뱅가드 멤버들과 장도민을 보며 제미니는 빙
긋 웃었다.

"이제 제 능력이 어떤 건지 확실히 알겠죠?"

장도민이 고개를 끄덕였다.

"그럼 조금 쉬세요. 힘이 회복되면, 다음부터는 교대로 파티
원들을 지키며 싸워 나가도록 해요. 투명화된 상태에서는 우

리도 바라스탕스에게 공격을 가할 수 없거든요."

"…네, 그렇게 해요."

그렇게 제미니 파티와 어스 뱅가드 멤버들 간의 연합이 시작되었다.

＊　　　＊　　　＊

지하 1층에 들어선 지 두 시간이 흘렀다.

그리고 어스 뱅가드 멤버들은 지금 200이나 되는 모험가들과 연합해서 바라스탕스와 싸우고 있었다.

어스 뱅가드 멤버들이 제미니 파티와 연합해서 수많은 바라스탕스를 상대로 밀리지 않고 싸우는 모습이 다른 모험가들의 관심을 끌었고, 그들 역시 하나둘 합류하다 보니 지금처럼 덩치가 불어난 것이다.

연합을 한 모험가들은 전부 오버 퀘스트에 돌입했다.

각개전투를 벌이던 모험가들이 한데 모여 힘을 합치니 그 상승효과는 어마어마했다.

바라스탕스의 수는 빠르게 줄어나가 이제는 4만여 마리가 남은 상태였다.

그와 비례해서 오버 퀘스트에 돌입해 어스 뱅가드 멤버들과 연합을 하는 모험가의 수는 계속해서 늘어났다.

이제는 승리의 여신이 모험가들을 향해 미소 짓고 있었다.

*   *   *

한 시간이 더 흘렀다.

바라스탕스는 전멸했고, 오버 퀘스트를 수락해 힙을 합쳐 싸운 오백 인의 모험가들은 마나 워터를 얻게 되었다.

전율은 오버 퀘스트에 돌입한 후, 단 한 마리의 바라스탕스도 잡지 않아 마나 워터를 보상받지 못했다.

하지만 상관없었다.

그는 거대한 가장 거대한 마나 워터를 얻게 된 열한 명의 모험가들을 보며 뿌듯한 미소를 머금을 뿐이었다.

Chapter 53.
에르펜시아

오버 퀘스트를 마치고 밖으로 나가는 문이 열렸다.

지하 1층을 클리어하고 받은 보너스 보상은 무려 리얼라이즈 링이었다.

리얼라이즈 링은 타이틀의 힘을 현실에서도 사용할 수 있게 해주는 값비싼 아티팩트였다.

전율은 링을 열심히 모아 언젠가는 꼭 리얼라이즈 링을 살 것이라고 마음먹었던 터였다.

한데 지하 1층을 클리어한 보상으로 얻게 되니 기분이 상당히 좋았다.

리얼라이즈 링의 생김새는 그 대단한 능력과 달리 소박하기 그지없었다.

은빛의 동그랗고 얇은 반지, 그게 전부였다.

작은 보석이 박힌 것도 아니고, 멋진 문양이 음각되어 있지도 않았다.

전율은 리얼라이즈 링을 오른쪽 새끼손가락에 끼었다.

조금 헐렁하던 리얼라이즈 링은 손가락에 딱 맞는 사이즈로 줄어들었다.

다른 멤버들도 리얼라이즈 링을 자신이 착용하고 싶은 손가락에 끼어 넣었다.

그들 모두는 언데드 청소부 타이틀을 얻게 된 터였다.

언데드 청소부의 능력은 죽음에서 한 번 부활할 수 있게 해주는 것이다.

어스 뱅가드 멤버들은 현실에서 외계 종족과 전투를 할 때, 한 번은 죽음에서 되살아날 수 있게 되었다.

생각지도 못한 보상에 전율은 물론이고 멤버들 전원의 입이 귀에 걸렸다.

그 차가운 설열음조차도 미미한 미소를 머금었다.

"덕분에 오버 퀘스트를 마무리했습니다. 감사합니다."

"고생하셨습니다."

"당신들이 최고예요!"

"멋쟁이들~! 내가 답례로 키스해 줄게~!"

보상을 전부 받고 난 모험가들은 어스 뱅가드 멤버들에게 고마움의 한 마디씩을 전한 뒤, 행성을 떠났다.

전율과 어스 뱅가드 멤버들은 모든 모험가들이 나간 뒤, 마지막으로 문에 들어섰다.

환한 빛이 그들의 몸을 집어삼켰다.

＊   ＊   ＊

늘 한 층을 클리어한 뒤 문을 나서면 스토어로 연결되곤 했었다.

한데 이번에는 스토어가 아닌 다른 낯선 세상이 전율의 앞에 펼쳐졌다.

그곳은 소설 속에서나 접하던 천상의 세계 같았다.

끝을 알 수 없을 만큼 광활하게 펼쳐진 구름 위에 오색찬란한 꽃과 거대한 나무들이 자라나 있었다.

나무에는 생전 보지 못한 아름다운 열매들이 매달려 있었고, 요정처럼 생긴 작은 존재들이 그것을 따 먹으며 한가로이 날아다녔다.

하늘 위에 태양은 존재치 않았다.

구름도 없었다.

아니, 저게 하늘이 맞는 건지도 의문이었다.

세상에 존재하지 않는 맑은 색채의 공간이 구름과 맞닿아 지평선을 이루고 있었다.

저 멀리 한켠에는 백색의 기암괴석들로 켜켜이 쌓인 절벽이 보였다.

깎아지른 듯 높이 솟구친 넓은 절벽의 중앙엔 맑고 시원한 폭포가 굽이쳤다.

폭포가 떨어지는 곳엔 크고 잔잔한 호수가 만들어져 있었다.

기이한 광경이었다.

저렇게 강렬한 폭포를 받아내는 호수가 어찌 잔잔할 수 있단 말인가?

절벽을 따라 더 위로 시선을 올리면 계속해서 쌓여가는 바윗덩이들이 하나의 거대한 돌산을 이루고 있었다.

폭포의 시작점은 그 돌산의 최고봉에 맞닿은 무지개에서부터 시작되는 것이었다.

상식적으로는 도저히 설명이 되지 않는 세상이었다.

전율보다 조금 먼저 이 세상에 도착한 모험가들과 어스 뱅가드 멤버들도 신기한 얼굴로 이곳저곳을 감상하는 중이었다.

반면, 그 세상에 적응한 듯 보이는 모험가들도 있었다.

그들은 요정들과 어울려 뛰놀고, 과일을 따 먹었다.

호수에서 수영을 하기도 하고, 돌산을 올랐으며, 무지개를 미끄럼틀처럼 타고 즐겼다.

"여기 도대체 뭐야?"

이서진이 미간을 확 구겼다.

원체부터 상식적인 것을 좋아하는 그다.

물론 지금은 이서진이라는 인간 자체가 상식에서 크게 벗어난 존재로 변해 버렸지만, 그건 거부감이 없었다.

전율의 최면에 걸려 이능력을 얻었기 때문이다.

최면의 힘은 그의 성향에 맞지 않는 상황도 받아들이게 만들었다.

외계 종족이 침략해 온다는 것도, 마스터 콜에 접속해야 한다는 것까지 전부 최면의 힘 덕분에 거부감 없이 받아들였다.

하지만 지금 이 상황은 최면에 걸릴 때 전혀 설명이 없는 부분이었다.

상식을 완전히 벗어난 세상 속에서 이서진은 누구보다 혼란스러워했다.

반면, 이곳이 제집인 양 처음부터 적응하는 사람도 있었다.

"와! 이거 진짜 맛있어요, 율 리더! 집에 갈 때 백 개 챙겨 가야지!"

"그럼 난 이백 개 챙겨 갈 거다!"

바로 김기혜와 이건이었다.

"내, 내가 드디어 죽어서 천국에 온 거여?"

장철수는 혼이 반쯤 나간 듯한 얼굴로 바들바들 떨어댔다.

그런 장철수를 진태군이 달랬다.

"장 할아버지. 그런 거 아니에요. 우리 다 같이 여기 왔잖아요. 천국이 아니라 마스터 콜에서 만들어놓은 어떤 다른 세상 같은 게 아닐까요?"

그때였다.

하늘에서 눈부신 빛 한 줄기가 내려왔다.

빛이 사라진 자리엔 포근하고 아름다운 미소를 머금은 여인, 레모니아가 서 있었다.

"지하 20층의 모든 관문을 클리어하고 지상에 올라온 모험가 여러분들을 환영해요. 이곳은 '에르펜시아'. 제가 살고 있는 빛의 나라예요."

"빛의 나라?"

전율이 혼잣말을 흘렸다.

순간 레모니아의 시선이 그 수많은 모험가들 속에 섞여 있던 전율을 정확히 포착했다.

레모니아는 살포시 눈웃음을 지으며 말을 이었다.

"에르펜시아는 모험가 여러분께 편안한 안식처가 되어드릴 거예요. 이미 느끼고 계신지 모르겠지만, 에르펜시아는 여러분의 정신적 피로를 모두 사라지게 해주고 심적 안정을 안겨준답니다."

레모니아의 말은 사실이었다.

그걸 가장 절감하고 있는 게 이서진이었다.

처음에 느꼈던 거부감에 지끈거리던 머리는 이내 맑게 개어, 시원하고 편안해졌다.

"또한 에르펜시아는 새로운 도전의 장이 될 수도 있답니다."

레모니아의 말에 에르펜시아에 완전히 적응해 터줏대감처럼 노닐던 모험가들이 고개를 절레절레 저었다.

"도전하지 않는 게 신상에 좋지."

"난 그거 거들떠도 안 본다."

"누가 자살하러 거기를 가겠어?"

전율의 귀엔 소곤거리며 떠드는 모험가들의 얘기가 전부 들렸다.

그는 대체 무엇 때문에 저런 대화가 오가는 건지 궁금해졌다. 그에 대한 답은 레모니아에게서 들을 수 있었다.

"저 폭포가 보이시죠?"

레모니아의 말에 에르펜시아에 처음 발을 들인 모험가들의 시선이 일제히 폭포로 향했다.

"폭포의 안쪽으로 넓은 동굴이 있답니다. 그리고 동굴 속엔 선택된 자만이 가질 수 있는 빛의 힘이 봉인되어 있어요. 모험가 여러분께서는 누구든 그 힘을 가질 자격이 있죠. 단, 시험을 통과한다면 말이에요."

"그 시험이 뭡니까?"

"빛의 힘이 봉인 된 제단을 지키고 있는 가디언 '아이니'를 제압하는 것이에요. 참고로 가디언 아이니는 상당히 강하답니다."

"암, 강하지. 강하고말고."

꽃밭에 드러누워 요정 두 마리를 배에 올린 채 장난을 치고 있던 모험가 한 명이 질린 얼굴로 고개를 절레절레 저었다.

비단 그 모험가뿐만이 아니었다.

에르펜시아를 처음 접한 모험가를 제외한 다른 모험가들은 전부 탐탁잖은 얼굴이 되었다.

"괜히 빛의 힘 같은 거 얻겠다고 도전했다가 아이니한테 인생 끝장난 모험가가 한둘이 아니지."

"그 녀석은 괴물이야."

"오죽하면 저 동굴이 사신(死神)의 입이라고 불리겠어? 한번 들어가면 살아 나오질 못하니 말 다 했지."

모험가들의 얘기를 엿듣다보니 전율은 아이니라는 가디언이 대체 얼마나 강한 건지 궁금해졌다.

레모니아가 검지를 세워 앞으로 살짝 내밀었다.

"주의하세요. 도전하는 건 자유지만 목숨을 책임져 주진 못해요. 에르펜시아는 마스터 콜의 마법으로 만들어낸 세계가 아니랍니다. 실존하는 곳이에요. 무슨 뜻인지 아시죠?"

레모니아의 말인즉, 가디언 아이니와 싸우다 죽게 되면 진짜 죽어버린다는 뜻이었다.

잠자코 있던 전율이 손을 들었다.

레모니아가 내밀었던 검지로 전율을 가리켰다.

"말씀하세요, 전율 님."

"아직 모험가 중 단 한 명도 빛의 힘을 취하지 못한 겁니까?"

"맞아요."

"빛의 힘을 얻으면 어떻게 되는 겁니까?"

"강해지겠죠?"

레모니아는 애매한 대답을 내놓고서 그저 미소 지었다.

더 이상 같은 질문에 대해 물고 늘어져 봤자 얻을 게 없을 거라는 걸 전율은 알았다.

그래서 다른 걸 물었다.

"빛의 힘을 봉인하고, 그 제단을 지키는 가디언을 만든 건 레모니아 님입니까?"

"저 이전에 빛을 관장하던 선대 레모니아가 만들었답니다. 지금의 데모니아와 먼저 전쟁을 벌였던 건, 선대 레모니아였죠. 전 그녀의 의지를 이어받아 계속해서 데모니아와의 전쟁을 이어나가고 있는 중이에요."

레모니아와 데모니아.

그들은 각각 빛과 어둠을 관장하는 이들이다.

우주에서 유일무이한 두 존재는 수억 년을 살아가다 자연스레 소멸해 에너지의 형태로 바뀐다. 그 에너지는 우주 속에서 정화되어 새로운 레모니아와 데모니아가 되어 탄생한다.

즉 현재의 두 여인은 선대의 존재이기도 하고, 아니기도 하다.

전 우주를 통틀어 가장 신에 가까운 그녀들은 지금껏 스스로의 영역을 지키며 조화로운 삶을 살아왔다.

하지만 아무리 대단한 존재라 해도 진정 신이 아닌 이상 소멸하고 다시 태어나는 대우주의 법칙을 거스를 순 없었다.

한데 지금의 데모아가 이 법칙을 거스르기 시작하면서 문제가 시작된 것이다.

상황을 이해한 전율이 한 가지 질문을 더 던졌다.

"빛의 힘을 얻으면 강해진다고 하셨었죠. 어느 정도까지 강해질 수 있습니까? 데모니아와 필적할 정도입니까?"

레모니아는 고개를 저었다.

"그 정도까지는 아니에요. 하지만 일방적으로 당하기만 하는 억울한 싸움을 벌이게 되진 않을 거예요."

순간, 전율의 뇌리에 데모니아에게 형편없이 당해 사지가 잘리던 기억이 스쳐 지나갔다.

레모니아가 굳이 아픈 과거를 건드린 건, 더 이상 질문해 봤자 전율이 원하는 대답은 얻지 못할 것이라는 뜻이었다.

전율은 그걸 알아듣고 입을 다물었다.

"더 궁금한 게 있으신 모험가분 계신가요?"

레모니아는 모험가들을 둘러봤다. 그러나 아무도 손을 들지 않았다.

"그럼 저는 이만 돌아가 볼게요. 아, 에르펜시아는 오고 싶을 때 얼마든지 찾아오실 수 있답니다. 마스터 콜에 접속하는 것처럼 이름을 불러주세요. 아름다운 세상이 모험가 여러분을 반갑게 맞이해 줄 거예요. 그럼 다들 에르펜시아에서 즐거운 시간 보내길 바랄게요."

레모니아가 방긋 웃으며 손을 흔들었다.

하늘에서 빛 한 줄기가 내려와 그녀의 몸을 감싸 안더니 이내 사라졌다.

빛이 소멸한 자리엔 레모니아의 모습을 찾아볼 수 없었다.

"빛의 힘이니, 가디언 아이니니… 머리 아픈 얘기만 잔뜩 하고 가버렸네."

이서진이 투덜거렸다.

"아무래도 가디언 아이니한테는 도전하지 않는 게 좋겠지? 여태껏 아무도 그 힘을 가지지 못했다면, 그만큼 아이니가 강하다는 뜻일 테니까."

진태군이 조심스레 의견을 내놓았다.

어스 뱅가드 멤버들은 그런 진태군의 말에 동의했다.

괜히 빛의 힘을 욕심냈다가 인생 끝장날지도 모르는 일이다.

오르지 못할 나무는 애초에 쳐다보지도 않는 게 좋다.

어스 뱅가드 멤버들뿐만 아니라 다른 모험가들도 언감생심 폭포 뒤의 빈 공간에는 발을 들일 엄두조차 내지 않았다.

하지만 딱 한 사람, 전율은 굽이치는 폭포에서 시선을 떼지 못했다.

Chapter 54.
이도르 에틸

처음으로 지하 1층을 클리어하고 에르펜시아에 도착한 모험가들은 이내 그 세상에 적응했다.

에르펜시아는 정말 아름다운 곳이었다.

부족한 것도, 더 원할 것도 없었다.

그곳에서 요정들과 노닐며 맛있는 과일을 따먹고 신선놀음을 하노라면 세상 근심걱정이 모두 사라지는 것 같았다.

천국이 있다면 이런 곳일까? 하는 생각마저 들었다.

그만큼 에르펜시아는 낙원 같은 곳이었다.

단, 폭포 너머 빛의 힘이 봉인된 공간에 들어서지만 않는다면 말이다.

그 안에 들어서는 순간 모험가에게는 지옥이 펼쳐진다.

가디언 아이니는 그만큼 강하고, 무서운 존재다.

지금까지 수많은 모험가가 빛의 힘을 원해 아이니에게 도전했다. 그리고 다시는 밖으로 돌아오지 못했다.

어스 뱅가드 멤버들도 빛의 힘에 관해서는 관심을 꺼버렸다.

그러나 전율은 그 이야기를 들은 직후부터 계속 빛의 힘이 신경 쓰였다.

아이니라는 녀석이 대체 얼마나 강한 건지도 궁금했다.

그렇다고 자신의 궁금증을 해소하기 위해 섣불리 달려들 수도 없는 노릇이었다.

"이야~ 여기 정말 끝내주누만! 내 살아생전 할멈하고 같이 이런 곳을 왔어야 하는데에에~! 끄흐흑!"

장철수가 곡소리를 내자 우울증에 깊이 빠진 견우리가 다가와 물었다.

"할아버지… 할머니는 착하셨어요?"

"착하다마다! 나랑 결혼해 준 것만 봐도 엄청 착한 겨!"

"그럼 지금은 이렇게 천국 비슷한 데 말고 진짜 천국에서 잘 살고 있겠죠 뭐어어어."

"뭐, 뭐시여?!"

"할아버지는 살아 있는 주제에 그런 말씀 하시는 거 아니에요오오. 천국 같은 곳이 그렇게 부러우세요? 그게 돌아가신 할머니한테 실례 되는 말 아니에요?"

"이, 이년이 뭐라는 겨!"

"천국 가고 싶으시면 지금 제가 죽여드리면 되잖아요오오 오오! 흐어어엉!"

견우리가 버서커 모드로 돌입했다.

눈이 뒤집어지도록 놀란 장철수가 그런 견우리를 피해 도망쳤다.

견우리는 펑펑 울면서 장철수를 쫓았다.

이건과 김기혜는 그런 두 사람을 보며 바닥을 데굴데굴 구르며 웃었다.

장도민은 이서진과 나무 그늘 아래에서 과일을 먹으며 이런저런 이야기를 나누고 있었다.

루채하는 진태군, 유지광과 농담 따먹기를 하며 시간을 보냈다.

조하영은 여기저기 색기를 풍기며 주변에 있는 모든 남자 모험가를 홀렸다.

그녀의 근처엔 이미 수십 명의 모험가가 득시글거리며 모여들었다.

그와 대조적으로 설열음은 모두와 동떨어진 곳에 홀로 앉아 멍하니 무지개를 바라보고 있었다.

그리고 전율은 폭포수 가까이 다가가 있었다.

'저 너머에 빛의 힘이 봉인되어 있다.'

폭포를 뚫고 들어가고 싶은 욕구가 머리끝까지 차올랐다.

'가볼까?'

전율이 한 발을 앞으로 내밀었다.

그때, 누군가의 목소리가 그를 제지했다.

"그러지 않는 게 좋을걸?"

묵직하고 힘이 실린 음성이었다.

고개를 돌리니 건장한 체격에 할리우드 배우 뺨치게 잘생긴 사내가 전율의 뒤에 서 있었다.

한데 유독 시선을 끄는 부위가 있었다. 귀였다. 그의 귀는 뾰족했다.

전율의 머릿속에 그것과 똑같은 귀를 가진 여인의 얼굴이 그려졌다.

'이제린.'

그녀는 엘프였고, 지금 전율의 행동을 제지한 사내 역시 같은 엘프였다.

엘프 사내의 머리 위엔 '이도르 에틸'이라는 이름이 떠 있었다.

"이도르… 에틸?"

"너희 행성에서는 초면인 사람의 이름을 함부로 부르는 게

예의인가 보지?"

이도르는 상당히 까칠한 태도로 전율을 대했다.

하지만 전율은 그런 그의 태도보다 다른 것이 더 신경 쓰였다.

"혹시 이제린 에틸이라는 엘프를 알고 있나?"

이도르의 미간이 확 구겨졌다.

그가 전보다 더 사나운 어투로 대답했다.

"내 여동생을 네가 어떻게 알지?"

"여동생?"

전율은 이제린을 여동생이라 말하는 이도르가 이상했다.

그는 이제린의 과거를 본인에게 들어 알고 있었다.

이제린은 인간 남성과 엘프 여성 사이에서 태어난 하프 엘프였다. 어머니는 엘프의 숲에서 추방당했고, 아버지는 죽임을 당했다.

해서 이제린에게는 혈육이라 할 사람이 없었다.

한데 오빠라니?

"하프 엘프인 그녀에게 오빠가 있다는 걸 어떻게 이해해야 할지 모르겠군."

"이제린이 그런 이야기까지 네게 했단 말이야?"

이도르는 의외라는 표정을 지었다. 하지만 그것은 곧 불쾌함으로 변했다.

"이딴 녀석이 뭐라고."

"그런 비난보다 설명이 듣고 싶은데. 어떻게 이제린에게 오빠가 있을 수 있는 거지?"

"내가 설명해야 할 필요가 있나?"

"한 가지 더. 엘프들은 자연의 조화와 섭리 속에서 살아가는 존재라고 들었다. 때문에 레모니아 님이 마스터 콜을 제의했을 때도 데모니아에게 세상이 멸망한다면 그 멸망을 받아들이겠다며 거절했지. 오직 한 명, 오직 한 명 이제린만이 레모니아 님의 제의를 받아들였다. 그 대가로 엘프의 숲 오비안에서 쫓겨나게 되었고. 엘프들은 조화로움을 추구하기에 다른 목소리를 내는 걸 용납 못 한다는 이유였던가? 그렇다면 너 역시 순혈의 피를 가진 엘프일 텐데 왜 마스터 콜을 받아들인 거지?"

"그것 역시 설명할 필요는 없을 것 같은데."

"난 알아야겠다."

"네까짓 게 무슨 수로 알아낼 수 있을까?"

이도르가 전율을 도발했다.

사실 전율은 이도르와 이제린의 관계에 대해 알아도 그만, 알지 못해도 그만이었다.

한데 이렇게까지 나오게 된 건 이도르의 거만한 태도가 마음에 들지 않기 때문이다.

함부로 설쳐 대는 녀석들은 반드시 혼을 내줘야 속이 풀리는 그였다.

"처맞다 보면 말하고 싶어지겠지."

이번엔 전율이 이도르를 도발했다.

이도르가 입꼬리를 말아 올렸다.

"재미있네. 자신 있으면 해봐."

순간 이도르에게서 강렬한 기운이 터져 나왔다.

전율의 눈에 비친 이도르의 붉은 기운은 태산처럼 거대했다.

여태껏 전율은 이런 기운을 가진 이를 한 명도 만나보지 못했다.

지하 1층에서 싸웠던 바라스탕스들의 기운도 이도르에게 한참 못 미쳤다.

이도르를 만만하게 봤던 전율의 가슴에서 전의가 타올랐다.

두 사람의 투지가 부딪히는 순간 누가 먼저랄 것도 없이 동시에 주먹을 내질렀다.

퍽! 콰아아아아앙!

허공에서 강렬한 주먹이 맞부딪혔다.

단지 그것뿐이었다.

한데 어마어마한 충격파가 사방으로 퍼져 나갔다.

갑자기 대지를 휩쓰는 매서운 파동에 모험가들의 시선이 일제히 전율과 이도르에게 향했다.

두 사람은 맞댄 주먹을 회수하지 않고 그대로 밀어붙이며 힘겨루기를 했다.

전율과 이도르는 어느 한쪽도 밀리지 않고 팽팽하게 맞섰다.

그러다 한 순간.

팡!

두 사람이 서로를 밀어내며 떨어지더니 갑자기 사라졌다.

적어도 모험가들의 눈에는 그렇게 보였다.

하지만 그건 사라진 게 아니었다.

광속의 속도로 움직이며 전투를 벌이는 것이었다.

두 사람의 모습은 보이지 않았지만, 여기저기서 파공성과 충격파가 터져 나왔다.

그들의 공방에 대지가 한시도 가만있지 못하고 몸살을 앓았다.

드드드드드드!

어마어마한 지진에 몇몇 모험가들은 넋 놓고 있다가 풀썩풀썩 넘어져 버렸다.

"이게 지금 말이 되는 싸움이야?"

"이런 미친 괴물들."

모험가들이 질린 안색으로 수군거렸다.

어스 뱅가드 멤버들도 다른 모험가들과 비슷한 얼굴을 하고서 둘의 싸움을 지켜봤다.

아니, 보기 위해 애썼다.

하지만 김기혜와 루채하를 제외한 다른 이들의 시야엔 둘의 움직임이 포착되지 않았다.

김기혜는 광속학의 능력으로 초음속을 넘어서는 움직임을 익혔고, 루채하 역시 광속에 조금 못 미치는 수준까지 능력을 업그레이드시켰기에 그나마 둘의 움직임을 포착할 수 있었다.

두 사람의 전투는 그야말로 어마어마했다.

눈 한 번 깜빡거릴 시간에 수십 번의 공방을 주고받았다.

그들이 발을 딛고 싸우는 대지마다 묵직한 충격을 이기지 못하고 푹푹 파여 들어갔다.

10분여간 이어지던 전투는 갑자기 멈췄다.

동시에 모험가들이 도통 눈으로 포착할 수 없었던 전율과 이도르가 호수 근처에서 모습을 드러냈다.

그들은 적당히 떨어진 거리에 서서 서로를 바라보았다.

어마어마한 파공성과 충격파가 연이어 터지며 지진을 일으켰던 것에 비해 두 사람의 모습은 작은 상처 하나 없이 멀쩡했다.

"입만 산 녀석은 아니었군."

이도르가 말했다.

"그쪽 역시."

전율도 이도르의 실력을 인정했다.

물론 전율은 전력을 다하지 않았다. 게다가 이슈반을 꺼내거나 데이드릭을 착용하는 일도 없었다.

하나 전력을 다하지 않은 건 이도르 역시 마찬가지였다.

그 역시 전율처럼 감추고 있는 한 수가 분명히 있을 것이다.

그런 걸 감안해 본다면 이도르는 전율이 지금껏 만나 싸워 왔던 이들 중 가장 강한 상대였다.

이도르가 쥐고 있던 주먹을 폈다.

싸울 의사가 없다는 뜻이었다.

상대방이 전의를 거두어 버리니 전율 역시도 싸울 마음이 들지 않았다.

전율의 날카로운 기운이 누그러지자 이도르가 입을 열었다.

"너 정도 되는 녀석이라면… 이제린이 마음을 열었다고 해도 인정할 수 있지."

전율은 이도르가 무슨 말을 하는 건지 이해할 수 없었다.

"네가 무슨 권리로 그런 걸 판단하지?"

"말했잖아. 이제린의 오빠라고."

"나도 말했던 것 같은데. 이제린에겐 혈육이 없다 들었다고."

"혈육이라고 하기엔 무리가 있지. 이제린을 입양하기 전까지 난 에틸 가문의 외동아들이었으니."

"입양? 엘프들도 그런 걸 하나?"

"이례적인 일이었어."

전율은 이도르의 얼굴을 가만히 살피면서 생각을 정리했다.

이제린은 에틸 가문에 입양되어 살았다. 그녀에겐 피가 섞이지 않은 에틸 가문의 순수 혈통 이도르라는 오빠가 있다.

한데 이제린은 레모니아 님의 제안을 받아들여 마스터 콜에 접속하기로 했고, 홀로 다른 목소리를 낸다 하여 엘프 사회에서 추방되었다.

그러다 전율을 만나게 되었다.

이제린은 전율을 다시 만난 날, 그녀의 과거에 대해 털어놓았다. 하지만 이도르에 대한 얘기는 전혀 하지 않았다. 아니, 입양되었다는 사실 자체에 일말의 언급도 없었다.

말하기 싫었거나 말할 수 없었기 때문이리라.

이후 그녀와 다시 재회할 수 없었다.

한데 오늘, 에르펜시아에서 이도르를 만났다.

신기한 건 이도르 역시 엘프인 데다 순수 혈통인데 마스터 콜을 받아들여 모험가가 되었다는 점이다.

이제린이야 하프 엘프라서 그렇다 쳐도, 이도르가 이런 행동을 했다는 게 이해하기 힘들었다.

'혹시……'

전율은 한 가지 가정을 세웠다.

이제린이 이도르와 에틸 가문에 입양되었다는 사실을 말하지 않았던 것.

이도르는 순수 엘프인데도 불구하고 다른 모든 엘프들의 뜻을 어겨가면서까지 모험가가 된 것.

이건 아무래도.

"혹시 이제린을 좋아하나?"

"좋아하고 많이 아낀다. 자기 동생을 좋아하지 않는 오빠가
어디 있을까?"

"아니, 동생이 아닌 여인으로서."

"……."

이도르의 말문이 턱 막혔다.

그의 얼굴에 복잡한 심경이 담겼다.

대답을 한참 동안 망설였지만 그는 거짓을 내놓지는 않았다.

"그래, 좋아한다."

"이제야 알겠군."

어쩌면 이제린이 모험가의 길을 택한 건 오로지 그녀가 사
는 세상의 멸망을 막기 위해서만은 아닐지도 몰랐다.

그녀는 이도르가 자신에게 이성으로서의 호감을 품고 있다
는 걸 알았다. 그래서는 안 되는 일이었다. 피가 섞였든, 섞이
지 않았든 간에, 이도르는 이제린의 가족이었다.

이제린은 일이 더 커지거나 잘못되기 전에 자연스럽게 엘프
의 숲에서 떠날 구실이 필요했을 것이다.

그때 레모니아가 엘프들에게 모험가가 될 것을 권유했고,
이제린은 그녀의 손을 잡았다.

세상을 구할 모험가가 되는 한편, 자연스럽게 엘프의 숲에

서 추방당한 것이다.

"넌 추방당한 이제린을 잊지 못해서 모험가가 되기로 한 건가?"

"보름 동안 이제린을 찾아 헤맸지만 흔적도 남기지 않고 떠나 버린 터라 도저히 어디에 있는지 알 수가 없었지. 그래서 모험가가 되기로 했다. 나도 이제린처럼 마스터 콜에 접속하다 보면 언젠가는 만날 수 있지 않을까 하는 생각이 들더군."

"그래서 만났나?"

이도르가 고개를 끄덕였다.

"지하 3층에서. 내가 퀘스트를 완료하고 전장을 떠나는데 마침 석실에서 이제린이 나오더군. 현실로 복귀하자마자 바로 마스터 콜에 재접속하려 했지만… 그게 그날 마지막 다섯 번째 마스터 콜이었다. 그 이후로는 볼 수 없었지. 하지만 여기서 기다리고 있다 보면 분명히 만날 수 있을 거야. 이제린은 강한 아이다. 마지막 전장까지 클리어하고 이곳으로 올 거라 믿어."

이도르는 이제린과의 재회를 간절히 바라며 믿고 있었다.

그들의 사이는 복잡하고 깊었다.

전율 역시 이제린과 그저 그렇게 가벼운 관계는 아니었다.

단 두 번 만난 것뿐이지만, 두 사람은 서로를 이성으로 느꼈고 교감했다.

하지만 이런 식으로 꼬여 버리는 건 사절이었다.

전율은 미련 없이 등을 돌렸다.

"사연 잘 들었다."

어스 뱅가드 멤버들에게 향하는 전율의 뒤로 이도르의 음성이 들려왔다.

"오늘 보지 못한 승부는 다음에 제대로 내보기로 하지. 그리고 하나 더! 목숨이 아깝다면 절대로 아이니에게 도전하지 마."

"그런 걱정 할 필요 없다."

"딱히 널 걱정하는 건 아니야. 나랑 승부를 보기도 전에 죽어버리는 게 짜증 날 뿐이지."

전율이 피식 웃으며 뒤를 돌아보았다.

이도르는 이미 어디론가 모습을 감춘 뒤였다.

Chapter 55.
사방신

전율과 어스 뱅가드 멤버들은 에르펜시아에서 현실로 돌아왔다.

에르펜시아는 마스터 콜과 달리 언제든 원할 때마다 방문하는 것이 가능했다.

어스 뱅가드 멤버들은 펜션으로 돌아오자마자 허기에 지쳐 야채와 고기, 술을 들고 바비큐장으로 향했다.

치직. 치지직.

장도민과 유지광, 설열음이 고기를 구웠다.

숯불에 고기 굽는 소리가 입에 군침이 돌게 했다.

소고기, 돼지고기, 닭고기가 맛있게 구워져 테이블 위에 올랐다.

사람들은 저마다 원하는 술을 잔에 따라 들고 건배를 했다.

"마스터 콜을 전부 클리어하다니, 꿈만 같아요오오오. 흐어어어엉."

막걸리 한 잔을 단숨에 비운 견우리가 엉엉 울었다.

그런 견우리의 머리를 장도민이 쓰다듬었다.

"차라리 조중으로 돌아와라. 허구한 날 죽상을 하고 울어젖히니까 아주 그냥 보는 사람도 돌아버리겠다. 근데 율 리더! 앞으로 마스터 콜은 계속할 수 있는 거지?"

"네. 지금까지처럼 하루에 다섯 번, 원하는 층에 접속할 수 있습니다."

장도민이 소주 한 잔을 입에 탁 털어 넣고는 생마늘을 씹었다. 접시들을 슥 훑어보니 그새 구워 놓은 소고기가 동이 났다.

장도민은 소고기 한 뭉텅이를 집게로 집어 그릴 위에 올렸다. 마블링 가득한 채끝살이 빠르게 익었다. 그릴 위에서 집게가 춤을 추듯 움직였다.

뿌옇게 치솟는 연기가 장도민의 눈을 찔렀다.

"아유, 뭔 고기를 굽기만 하면 연기가 나한테 와!"

투덜대면서도 채끝살을 기가 막히게 익힌 장도민이었다.

그가 빈 접시에 고기를 옮겨 담으니 진태군이 다가와 빈 잔에 술을 채워주었다.

"고마워, 형."

"도민아. 근데 너 상당히 의욕이 넘친다."

진태군이 잔을 들어 올리며 말했다.

"뭐가?"

짠.

장도민이 진태군의 잔에 자신의 잔을 부딪쳤다.

"아니, 전과 달리 엄청 마스터 콜에 접속하고 싶어 하는 것 같아서."

장도민이 픽 웃으며 술잔을 비웠다. 진태군도 따라서 술잔을 기울였다.

"크으. 그냥 한번 시작한 거 제대로 끝을 보고 싶어서."

"뭔 소리야, 그게?"

"아까 율 리더랑 귀 뾰족한 인간이랑 싸우는데 기가 턱 막히더라고."

"그래. 장난 아니었지."

"근데, 계속 가슴이 두근두근 뛰는 거야. 피가 막 뜨거워지더라고. 나도 저만큼 강해지고 싶다는 생각만 계속 드는 거야."

"그랬구나. 근데 그게 쉽게 되겠냐."

"어렵겠지. 그래도 율 리더처럼 되지 말란 법은 없잖아."

"그러란 법 없지. 그래 뭐, 열심히 해봐라."

진태군은 장도민의 말을 대충 받아넘겼다.

이미 그는 전율을 넘을 수 없는 태산으로 생각하고 있었다.

어스 뱅가드 멤버들이 아무리 노력해도 전율의 수준에 올라서기는 힘들 것 같았다.

그러나 장도민은 달랐다.

기필코 전율에게 닿으리라 다짐하고 또 다짐했다.

*　　　　*　　　　*

시간이 흐를수록 세계는 점점 더 불안감에 휩싸였다.

지구 전역의 하늘에 데모니아의 얼굴이 나타난 지도 일주일이 흘렀다.

하지만 아직도 그 원인이 무언지 밝혀내지 못했다.

이유 모를 이변은 불안을 불러오는 법이다.

그러나 사람은 적응의 동물이다.

지금도 하늘의 얼굴에 대한 여러 가지 가설이 인터넷에 끊임없이 올라오고 모든 뉴스에서도 이를 톱기사로 다루고 있었다. 당연히 사람들의 가슴 한켠에는 불안과 걱정이 피어났다.

하나, 그들의 일상은 크게 달라지지 않았다.

학생들은 등하교를 하고, 회사원은 출퇴근을 했으며 예술가들은 예술 활동을 멈추지 않았다.

데모니아의 얼굴이 나타난 이후 사흘간은 모든 방송국 편성을 뒤집어엎어 버리고 특집 방송을 내보내더니 지금은 다시 정규 편성대로 방송을 송출하고 있었다.

개봉을 미뤘던 영화들도 속속들이 제 날짜에 개봉했다.

하늘에 원인 불명의 얼굴이 나타난 것.

그것 말고 변한 건 아무것도 없었다.

모두가 일상을 되찾아가고 있었지만, 점점 더 일상과는 관계없는 삶을 살아가는 11명의 사람이 숲 속 펜션에서 잠에 취해 있었다.

쌀쌀한 바람이 부는 새벽.

전율은 근심거리 하나가 발목을 잡는 통에 영 잠이 오지 않아 펜션 밖으로 나왔다.

펜션 앞 공터를 천천히 거닐다가 벤치에 앉았다.

'이제 연락이 올 때가 됐는데.'

그는 주작의 연락을 기다리고 있었다.

주작은 사방신 회동이 열흘 정도 걸릴 거라고 했다.

어제가 바로 그 열흘째 되는 날이었다. 하지만 아무런 연락도 오지 않았다.

오늘로써 데모니아의 얼굴이 나타난 지 8일이 지났다.

이제 동이 트면 데모니아의 얼굴은 사라지고 몇 시간 후에 외계 종족이 침략할 것이다.

'초조하게 생각하지 말자. 나와 어스 뱅가드 멤버들만으로 비앙느족은 충분히 상대할 수 있다.'

그건 명확한 사실이었다.

이미 어스 뱅가드 멤버들은 비앙느족을 훨씬 뛰어넘을 만큼 강해졌다.

녀석들을 상대로 능히 일당백의 활약을 할 수 있었다.

전율은 가능한 한 일반인의 피해 없이 전쟁을 마무리 짓고 싶었다. 때문에 최대한 강해지려 하는 것이다. 그래야 무고한 목숨을 하나라도 더 지켜낼 수 있을 테니 말이다.

"후우, 다시 잠이나 청해봐야겠어."

벤치에서 엉덩이를 떼고 펜션으로 향하려 할 때였다.

전율의 머릿속으로 환의 의지가 전해졌다.

[주인님! 방금 주작님께 연락이 왔습니다요!]

"주작에게서?"

[그렇습죠! 사방신 회동이 드디어 끝났다고 합니다요!]

환의 얘기에 전율의 눈이 크게 떠졌다.

"어찌 되었대?"

[빰빠바밤~! 축하드립니다요! 사방신님들께서 주작님의 의견에 따라 주인님께 힘을 빌려 드리기로 했답니다요!]

"좋았어!"

전율이 두 주먹을 꽉 쥐고 소리쳤다.

조금 전까지 초조하게 기다린 것이 보람 없는 일은 아니었다. 드디어 사방신의 힘을 손에 넣을 수 있게 되었다.

"사방신은 네가 머물던 황산에서 회동을 한다 그랬지?"

[그렇습죠!]

"처음 널 만났던 그 장소로 가면 되는 거냐?"

[맞습니다요!]

"알았다."

전율은 바로 텔레포트를 시전했다.

*   *   *

전율은 드디어 사방신과 조우할 수 있었다.

주작이 전율을 지그시 바라보며 말했다.

"다시 만나게 되어 반갑구나."

"나 역시."

"보거라. 네가 그토록 원하던 사신들이 여기 다 모여 있으니. 가장 오른쪽이 동방성수(東方星宿) 청룡, 그 옆이 서방성수(西方星宿) 백호, 다시 그 옆이 북방성수(北方星宿) 현무이니라."

흔히들 좌청룡, 우백호, 남주작, 북현무라 일컫는 사신을 한 자리에서 보게 된 것이다

전율의 시선이 주작을 제외한 나머지 사신들을 천천히 훑

었다.

청룡은 영롱한 푸른빛 비늘이 온몸을 뒤덮은 거대한 용이었다. 그의 모습은 소설이나 옛이야기, 혹은 전설에서 묘사된 것과 거의 흡사했다.

머리부터 꼬리까지 족히 50미터가 넘는 몸을 너울거리며 하늘에 떠 있는 것이 마냥 신비로웠다.

머리에는 황금빛이 찬란한 뿔 두 개가 크게 자라나 있었다.

청룡은 깊고 맑은 금안으로 전율을 바라보며 말했다.

"네 진심은 전해졌으나, 힘이 없는 정의로움은 무력할 뿐이다. 날 네 소환수로 삼는 이상 세상을 격동시킬 확실한 힘을 보여주어야 할 것이다."

"얼마든지."

전율의 시선이 백호에게 향했다.

백호는 사방신 중에 그 덩치가 가장 작았지만, 풍기는 기세는 결코 다른 사방신에 밀리지 않았다.

온몸에 백설이 내린 듯 하얀 털로 전신을 덮고, 영험한 푸른 눈동자가 강렬했다.

그는 전율과 눈을 맞출 뿐, 입을 열지 않았다.

원체 말이 없는 타입이었다.

전율은 마지막으로 현무를 바라봤다.

거대한 거북이의 몸을 뱀이 친친 감싸 안은 형태로 한 몸에 두 개의 머리가 달린 기이한 신수였다.

"반갑구나, 정의로운 아이야."

"이렇게 만나게 된 것도 인연이겠지."

거북이의 머리와 뱀의 머리가 번갈아가며 한 마디씩 했다.

현무는 사신들 중 가장 부드럽고 온화한 성격을 가지고 있었다.

"나도 반갑다."

전율이 모든 사신과 인사를 나누고 나니 주작이 다시 나섰다.

"환에게 들었겠지만, 우리는 사방신 회동을 통해 세상의 위기에 대처할 수 있는 모든 경우의 수를 열흘 밤낮으로 상의한 끝에 너의 소환수가 되는 것이 가장 좋은 선택이란 결정을 내렸다."

"힘을 빌려줘서 진심으로 고맙게 생각하고 있어."

"우리 사방신도 네게 고마운 마음을 가지고 있다. 네 덕분에 강한 기운을 가진 우주의 존재들이 지구를 향해 다가오고 있음을 느꼈으니 말이다."

그때 문득 전율의 머릿속에 떠오르는 의문 하나가 있었다.

"묻고 싶은 게 있다."

"물어보거라."

"전생에서 난 단 한 번도 사방신이 외계 종족과의 전쟁에 관여하는 걸 본 적이 없다. 왜 그랬던 거지? 이 세상을 지키는 것이 사방신의 의무라면 누구보다 앞장서서 전쟁에 뛰어들어야 했던 것 아닌가?"

그에 대해 주작은 망설임 없이 대답했다.

"우리는 이 세상의 멸망이 진정 목전까지 닿지 않는 한 움직이지 않는다."

"왜지?"

"그것이 수호자의 역할이기 때문이다. 우리가 가벼이 움직이게 되면 모든 균형과 조화가 틀어지게 되지. 그만큼 사방신의 힘은 함부로 사용해서는 안 되는 것이다. 하지만 네 소환수가 된다면 이야기가 달라지지."

사방신이 전율의 소환수가 된다면, 그의 명령에 따라 움직이는 것이 우선순위가 된다.

사방신으로서 책임져야 하는 수호자의 역할 이전에 전율의 명령이 더 먼저인 것이다.

때문에 사방신들도 지구를 지키기 위해 가장 좋은 방편은 전율의 소환수가 되는 것이라는 판단을 내린 것이다.

"이제 우리는 네 소환수가 될 준비를 마쳤느니라."

"나도 그대들을 소환수로 맞이할 준비가 끝났어."

"우리가 어찌하면 되겠느냐?"

"내 의지를 거부하지 않으면 돼."

"그리하겠다."

전율은 사방신 넷과 차례차례 눈을 맞췄다.

그리고 지배의 기운을 흘려보냈다.

사방신들은 전율의 스피릿을 거부하지 않고 편하게 받아들였다. 그 덕분에 전율은 그 어느 때보다 쉽게 테이밍을 할 수 있었다.

시간이 얼마 지나지 않아 지배의 기운이 사방신에게 완벽히 스며들었다.

전율은 그들의 정신이 자신의 정신과 하나로 이어짐을 느꼈다.

사방신이 비로소 그의 소환수가 된 것이다.

전율이 지배의 기운을 거두어들인 뒤, 사방신에게 물었다.

"그대들은 내 소환수가 되었는가?"

사방신이 동시에 고개를 끄덕였다.

[우와아아! 이건 정말 사건입니다요! 사방신님들께서 전율님의 소환수가 되다니 말입죠! 꿈에서라도 떠올릴 수 없었던 광경입니다요!]

전율의 안에서 환이 고래고래 소리를 질렀다.

그러자 바로 칠미호의 타박이 이어졌다.

[시끄러우니까 좀 닥치지, 도깨비?]

[죄, 죄송합니다요.]

[끼루루루루! 주인님! 어서 사방신님들도 봉인시켜 주세요! 같이 대화하고 싶어요~ 에헤헤.]

초백한이 전율에게 재촉했다.

"그러마. 봉인, 청룡, 백호, 주작, 현무."

전율의 말에 사방신 넷이 빛으로 화해 그의 머릿속으로 스며들었다.

이내 전율의 안에서는 환과 초백한, 그리고 사신들이 두런두런 떠드는 소리가 들려왔다.

[사방신님들~! 이렇게 뵙게 돼서 정말 영광입니다요!]

[오래간만이구나, 환. 그동안 많이 강해졌느냐!]

청룡이 물었다.

[저, 저는 그저 사방신님들께 연락을 전하는 하찮은 도깨비일 뿐입니다요. 무술이나 요술 같은 걸 수련해서 강해지는 쪽이랑은 거리가 멀다 이 말입죠! 네네.]

[반갑구나, 귀여운 도깨비 환이여.]

[그동안 잘 지냈느냐?]

현무의 두 머리가 안부를 물었다.

[그러믄요. 늘 현무님을 다시 뵙게 될 날만 고대하고 있었습니다요.]

[하아, 정말 시끄러워 죽겠네. 더부살이하러 들어왔으면 좀 닥치고들 있지?]

한참 떠들어대는 사방신과 환에게 칠미호가 한마디 쏘아붙였다.

한데, 평소라면 기부터 팍 죽었을 환이 칠미호에게 바득바득 대들었다.

[저한테 이래라저래라 하지 않았으면 좋겠는뎁쇼? 저도 화나면 무섭단 말입죠!]

[뭐? 이 초록 도깨비 새끼, 뿔을 뽑아서 달여 먹어야 정신차리지!]

[그깟 뿔 얼마든지 뽑아보시지요! 금방 다시 자라날 겁니다요!]

[아니, 뿔을 뽑아서 널 달여 먹는다고.]

[딸꾹! 사, 사방신님들! 저, 저 좀 도와주시지 않겠습니까요?]

환이 도움을 청했지만 사방신들은 그저 재미있다는 듯 상황을 지켜볼 뿐이었다.

[너 일루 와.]

[치, 칠미호님! 사실은 제가 장난을 좀 쳐 본 건데 말입니다요! 헤헤헤.]

[늦었어.]

[크허어억!]

전율의 속이 더 시끄러워졌다.

하지만 그게 싫지 않았다.

세상 어느 누가 사방신을 소환수로 삼을 수 있단 말인가?

전율은 뿌듯함을 느끼며 다시 펜션으로 텔레포트했다.

Chapter 56.
1차 침공

이도르는 오늘도 에르펜시아에서 이제린을 기다리고 있었다.

하루에도 몇 번씩 새로운 모험가들이 에르펜시아를 찾아왔
지만 그 안에 이제린의 모습은 보이지 않았다.

'이제린… 애초에 내가 갔어야 했다. 그게 아니더라도 너와
함께 움직였어야 했다.'

이도르는 저도 모르게 주먹을 꽉 말아 쥐었다.

엘프들은 강한 존재다.

태어나면서부터 정령을 다룰 수 있고, 타고난 활의 명수이
며 육신의 피지컬이 놀라울 정도로 높았다.

한데 엘프가 무서운 건 그 무엇보다 잠재 능력이 끝을 알 수 없을 정도로 크기 때문이었다.

강해지기 위해 노력을 한다면 지상의 모든 종족 중 엘프를 따라올 수 있는 종족은 없을 것이다.

하지만 엘프들은 그러지 않았다.

조화로움 속에서 사는 그들은 자연스러운 것 이상의 무엇을 넘보지 않았다.

아무런 노력을 하지 않아도 자라나면서 얻게 되는 당연한 힘, 딱 그것만을 가지고 만족했다.

만약 엘프들의 성향이 인간과 같았다면 그들은 대륙의 지배자가 되었을지도 모르는 일이었다.

수명조차도 백 년을 살고 가는 인간과 달리 천오백에서 이천 년 가까이 살아가는 존재들이니 말이다.

자연스레 얻게 되는 힘이라고는 해도 엘프마다 약간의 차이는 있었다.

어떤 엘프는 조금 더 강골인가 하면 또 어떤 엘프는 정령술이 다른 엘프들보다 뛰어났다.

한데 천 년에 한 번꼴로 돌연변이라 할 수 있는 엘프가 한 명씩 태어나곤 했다.

그들은 모든 능력이 기존의 엘프들보다 수십 배 이상 뛰어났다.

육신의 피지컬과 정령과의 친화력, 잠재 능력까지도 다른 엘프의 추종을 불허했다.

그랬다.

그들은 애초에 태어나길 엘프의 숲 오비안을 이끌어갈 리더의 재목으로 태어난 것이다.

그리도 이도르가 바로 그 돌연변이 엘프였다.

현재 엘프의 숲을 다스리는 족장 엘프가 유명을 달리하면 그 뒤를 이을 엘프는 이도르가 되는 것이다.

때문에 이도르는 다른 어떤 엘프보다도 더 오비안의 규율을 따라야했다.

하지만 그러지 못했다.

이도르의 부모가 이제린을 입양시켜 키우는 동안 그는 그녀에게 반하고 말았다.

하프엘프인 이제린은 다른 엘프들과 달랐다.

생각하는 것, 행동하는 것, 그리고 기본적으로 느껴지는 분위기 자체가 딴판이었다.

처음에는 그저 호기심이었다.

한데 그 호기심은 무럭무럭 자라나 사랑으로 바뀌었다.

그럴수록 이도르의 머리는 복잡해졌고 가슴은 아파왔다.

자신이 이래서는 안 된다며 하루에도 수백 번씩 마음을 다잡으려 했지만 그럴 수 없었다.

그러던 어느 날, 레모니아가 엘프들을 찾아왔다.

그녀는 엘프들이 살아가는 라마트란 대륙에 큰 위기가 찾아올 테니, 마스터 콜에 접속해 힘을 키우길 권했다.

하지만 엘프들은 전부 그 제안을 거절했다.

오로지 딱 한 명, 이제린만이 레모니아의 손을 잡고 마스터 콜에 응했다.

하나 그것은 엘프들의 규율을 어기는 일.

이제린은 엘프의 숲에서 쫓겨나고 말았다.

이도르는 이제린이 숲에서 추방당하는 순간에 아무것도 할 수 없었다.

자신이 이제린을 좋아하는 건 맞지만 그보다 순혈의 엘프로서 규율을 지키는 것이 우선이라고 생각했다.

시간은 빠르게 흘렀다.

일주일이 지나는 동안 이도르는 자신의 머릿속이 온통 이제린으로만 가득하다는 걸 깨달았다.

엘프로서 지켜야 하는 규율?

그것보다 이제린이 그에겐 더 컸다.

뒤늦게 그녀의 소중함을 깨닫게 된 이도르는 오비안을 말없이 떠났다.

그리고 보름 동안 이제린을 찾아 헤맸지만 결국 흔적조차 발견할 수 없었다.

결국 이도르에게 남은 마지막 수단은 마스터 콜에 접속하는 것뿐이었다.

이도르가 레모니아의 만남을 간절히 원하며 잠이 든 그날 밤, 레모니아는 그의 꿈속에 나타났다.

다시 눈을 떴을 때, 이도르는 모험가의 자격을 얻어 첫 번째 마스터 콜을 끝낸 상태였다.

이후로 이도르는 마스터 콜에 접속하면서 빠르게 강해졌고, 지금에 이르게 되었다.

그는 아직도 에르펜시아에서 이제린을 기다리고 있었다.

*   *   *

사방신을 테이밍한 전율은 펜션으로 돌아오자마자 어스뱅 가드 멤버들을 깨웠다.

한창 단잠을 자고 있을 때인지라 멤버들은 졸음에 푹 절어 버린 눈꺼풀을 억지로 뜨며 힘겨워했다.

"으음… 아직 동도 안 텄는데 무슨 일이야?"

장도민이 눈을 비비며 물었다.

"이제 펜션을 떠납니다."

"왜?"

"오늘 외계 종족이 지구를 침략합니다."

"오우! 드디어! 내가 영웅으로 활약할 때가 온 거야?"

이건이 벌떡 일어나서 주먹을 불끈 쥐었다.

반면 장철수의 얼굴에는 수심이 가득했다.

"외, 외계 종족이 진짜로 쳐들어온다니… 이러다 먼저 간 할 멈 따라가게 되는 거 아니야?"

그런 장철수를 진태군이 달랬다.

"장 할아버지, 여태껏 다른 행성 가서 외계인 놈들 잘 때려잡았잖아요. 근데 뭐가 걱정이에요? 지하 1층에서 상대했던 놈들에 비하면 이번에 쳐들어오는 놈들은 아무것도 아니라잖아요."

"그, 그렇긴 하지만… 이건 진짜 실전이잖여?"

그때 견우리가 끼어들었다.

"할아버지! 몸만 젊어지고 뇌는 그대로 늙어 있는 거예요? 우리가 마스터 콜 접속해서 다른 행성 원정 간 것도 실전이었다니까? 그게 이해가 안 되는 거야? 푸하하하하! 할아버지 진짜 웃겨!"

견우리는 어느새 조증으로 변해 있었다.

"아이고, 저년 저거 드디어 울음 그쳤네. 아무튼 외계 종족이 쳐들어오는데 펜션은 왜 떠나?"

장도민이 재차 전율에게 질문을 건넸다.

"그들은 내가 있는 곳을 목적지로 삼을 테니, 인명의 피해가 없도록 외진 숲이나 산속으로 자리를 옮겨 전투를 해야 합니다."

"비앙느라고 했었나? 그놈들 가장 센 상대를 목표로 잡고 들이닥친댔지?"

이서진이 꽉 잠긴 목소리로 말했다.

"맞아요. 그래서 이곳을 떠나야 합니다. 다들 나갈 준비 하세요. 동이 트기 전에 움직일 겁니다."

*   *   *

어두운 새벽.

뻥 뚫린 도로를 대형 세단 한 대와 콜밴 한 대가 꼬리를 물고서 달리고 있었다.

대형 세단을 모는 건 전율이었다.

그의 차엔 장도민과 설열음, 루채하, 김기혜가 타고 있었다.

콜밴엔 나머지 멤버가 몸을 실었다.

전율은 지금 강원도 춘천의 이름 없는 산으로 향하는 중이었다.

춘천 땅에는 노는 산들이 많다.

주변에 인가가 없는 외진 산을 찾아가는 건 어려운 일이 아니었다.

이미 전율은 그런 산을 몇 군데 봐둔 터였다.

그중에서 가장 괜찮겠다 싶은 곳을 정해둔 뒤, 콜밴을 불러 사람들을 태우고 차 두 대로 이동했다.

목적지에 도착해 콜밴을 돌려보냈다.

전율도 멤버들과 차에서 내렸다.

산의 초입은 사람들의 발길이 닿지 않아 등산로 같은 건 존재치 않았다.

그야말로 야생 그 자체였다.

때문에 외계 종족과 전쟁을 벌이기엔 제격이었다.

"여기가 첫 번째 전장이란 말이지?"

이건은 외계 종족이 침략할 것이란 말을 들은 순간부터 지금까지 계속 들떠 있었다.

그리고.

"내가 다 잡아버릴 거야! 아하하하하하하하~!"

조증이 찾아온 견우리는 이건보다 더 들떠 있었다.

*　　　　*　　　　*

어스 뱅가드 멤버들은 전율을 선두로 해서 산을 올랐다.

트인 길이 없었기에 길을 만들어 나아가야 했다.

수풀을 헤치고 나뭇가지를 꺾으며 계속 걸어간 끝에, 전율 일행은 사방이 열린 숲 속 공터에 도착했다.

"여기가 좋겠군요."

전율이 공터의 중앙에 서서 사위를 둘러보며 말했다.

공터가 제법 넓은 것이 한바탕 크게 일을 벌이기에 적합했다.

"외계인 놈들은 언제 쳐들어오는 거야?"

이건이 눈썹에 손을 얹고 하늘을 이리저리 쳐다봤다.

"동이 트면 데모니아의 얼굴이 사라질 거야. 그러고 나면 바로 침공이 시작된다."

"그렇단 말이지? 좋아!"

검푸른 새벽은 오래가지 않았다.

산 너머로 모습을 감췄던 해는 다시 떠오르며 어둠을 밀어냈다.

그와 함께 하늘에 떠 있던 데모니아의 얼굴도 사라졌다.

묘한 긴장감이 공터를 가득 뒤덮었다.

어스 뱅가드 멤버들 사이에 오고 가는 말이 없었다.

하나같이 망부석처럼 제자리에서 가만히 서서 하늘만 주시하고 있었다.

'언제 오는 거야?'

장철수가 안절부절못하며 눈알을 도록도록 굴렸다.

그때였다.

"아, 저기!"

김기혜가 검지로 하늘을 찌를 듯 쭉 뻗어 올렸다.

멤버들의 시선이 일제히 김기혜가 가리킨 곳으로 향했다.

그곳에서는 신기한 광경이 펼쳐지고 있었다.

아무것도 없던 허공에서 갑자기 큼지막한 운석들이 하나둘 나타나고 있었다.

마치 모습을 투명하게 감추고 있다가 대기권에 진입하고 나서 드러낸 것 같았다.

총 다섯 개의 운석은 정확히 전율 일행이 서 있는 공터를 향해 추락하는 중이었다.

그 속도가 어마어마하게 빨랐다.

한데 운석은 공기의 저항을 전혀 받지 않고 있었다.

운석들은 지구에 존재하는 여러 과학적 법칙들을 전부 무시하고 있었다.

"다들 준비해!"

다가오는 운석을 보며 장도민이 소리쳤다.

어스 뱅가드 멤버들이 곧 벌어질 전투에 대비했다.

"으라아아아아아아! 와라!"

이건이 고함을 질렀다.

그의 몸이 전부 오러화되어 파란빛으로 빛났다.

"내 머리카락 하나도 못 건드릴 거다."

유지광이 무형검 두 자루를 소환해 손에 쥐었다. 그런 유지광의 옆에 있던 루채하의 주변으로 날카로운 바람이 일었다.

김기혜는 오른쪽 팔에 차고 있던 금빛 팔찌를 손으로 슥 쓰다듬었다.

그러자 그녀의 전신에 일곱 가지의 무기가 착용되었다.

어깨에는 활, 등에는 봉과 창 한 자루, 오른쪽 허리에는 롱소드, 왼쪽 허리에는 모닝스타를 찼고 그 밑의 허벅지엔 독 발린 다트 스무 발이 담긴 주머니가 달려 있었다.

마지막으로 허리에는 감긴 채찍까지 해서 총 일곱 가지였다.

김기혜는 그 무기들을 전부 능숙하게 다룰 수 있었다.

"이 팔찌 사두길 잘했다는!"

김기혜가 자신의 팔찌를 보며 헤헤 웃었다.

팔찌의 이름은 세븐 웨폰 링.

일곱 가지 무기를 봉인해 놓은 링으로, 마나를 담아 쓰다듬으면 무기들을 장착, 해제시킬 수 있었다.

아울러 링에 봉인되어 있는 무기들은 하나하나 제법 수준 높은 것들이었다.

특히나 활 같은 경우 화살 없이 줄을 당기면 빛의 화살이 나타나 장전된다.

나무로 만든 활 대신, 마나의 힘을 이용하는 아티팩트였다.

김기혜는 자신만만한 얼굴로 운석들을 주시했다.

그녀의 뒤에 서 있던 진태군과 설열음은 언제든 마법을 시전할 만반의 준비를 마쳤다.

장도민도 배리어 탄환 수십 개를 만들어놓았다.

견우리와 조하영은 딱히 준비할 것이 없었다.

반면 이서진은 달랐다.

그는 지금 당장 할 수 있는 일이 있었다.

이서진이 멤버들의 앞으로 나섰다.

그리고 두 손으로 가까워지는 운석을 겨누더니 중력 제어의 능력을 발동시켰다.

운석들에 가해지던 중력이 갑자기 증가했다.

운석들은 전보다 훨씬 빠른 속도로 추락하기 시작했다.

그런 와중 중력은 점점 더 증가하고 있었다.

대기의 영향을 전혀 받지 않았던 운석들이었지만, 이서진이 건드린 중력의 힘을 거스르지는 못했다.

집 채만 한 다섯 개의 운석은 어스 뱅가드 멤버들의 머리 바로 위까지 내려왔다가 갑자기 멈췄다.

이서진이 중력을 역전시켜 버린 것이다.

그 순간 어스뱅가드 멤버들의 동시다발적인 공격이 퍼부어졌다.

거대한 운석들은 힘없이 터져 나갔다.

가루가 되어 흩날리는 운석의 파편을 보며 어스 뱅가드 멤버들은 어리둥절해했다.

오로지 전율만이 그것이 침공의 시작이라는 걸 알았다.

"다들 정신 똑바로 차리세요. 운석은 그저 통로를 만들어주는 매개체일 뿐입니다."

"통로?"

장도민이 되묻는 순간 운석이 파괴된 공간에서 어마어마한 에너지장이 펼쳐졌다.

에너지장은 곧 파직거리며 스파크를 일으키더니 실체화되었다. 검은 불꽃을 튀기며 타원형의 형태로 빠르게 덩치를 불려 나가던 에너지장이 갑작스레 분열을 일으켰다.

총 세 개로 나누어진 검은 에너지장은 허공에 점처럼 박혀 있었다.

거대한 탑차 한 대는 족히 드나들 수 있을 만큼 거대한 에너지장은 흡사 블랙홀을 보는 듯했다.

"저, 저 거무스름한 곳에서 외계인 놈들이 텨 나온다는 겨?"

"그런가 봐, 할배! 다 죽여주마!"

"그러니까 운석은 저 통로를 만드는 에너지만 싣고 있었다는 거잖아."

"맞아요, 형."

차례대로 장철수, 이건, 이서진, 루채하의 말이었다.

"나온다!"

김기혜가 중간에 있는 통로를 가리키며 소리쳤다.

그녀의 말대로 통로에서 2미터나 되는 신장을 가진 외계 종족들이 튀어나오고 있었다.

"비앙느."

전율이 나직이 말을 흘렸다.

어둠의 통로에서 개미 떼처럼 몰려나오고 있는 놈들은 비앙느였다.

전생에서 지구를 1차 침공했던 바로 그 외계 종족들이었다.

침공 시기가 바뀌었으니 침공하는 외계 종족도 바뀌지 말란 법은 없었다.

전율도 이 부분에 대해서 고민을 조금 했었다.

상대해야 하는 외계 종족이 바뀌어 버리면 지금껏 세워놨던 대책 자체가 물거품이 되어버리기 때문이다.

하지만 다행스럽게도 그런 일은 벌어지지 않았다.

"징그럽게 생겼어."

설열음이 비앙느들을 보며 중얼거렸다.

놈들은 2미터가 넘는 키에 파란색 피부를 가지고 있었다.

사람처럼 눈코입이 박힌 얼굴에다 비정상적으로 긴 팔이 양쪽에 두 개씩 총 네 개가 달려 있었다.

팔만큼 다리도 길었고, 그에 비례해서 상체가 상당히 짧았다. 마치 거미인간을 보는 것 같았다.

"꾸우우우우우!"

"꾸우우!"

"꾸우우우우!"

지구에 도착한 비앙느들이 하늘을 올려다보며 포효했다.

놈들의 고함 소리가 사위를 쩌렁쩌렁 울렸다.

여전히 검은 통로에서는 비앙느 무리가 꼬리에 꼬리를 물고서 튀어나오는 중이었다.

어스 뱅가드의 입장에서는 그놈들이 다 나올 때까지 기다려 줄 필요는 없었다.

"공격합니다."

전율의 명에 어스 뱅가드 멤버들이 일제히 움직였다.

맹렬히 덮쳐 오는 전의 속에서 위협을 느낀 비앙느들의 눈이 붉게 빛났다.

놈들의 시선이 선두에서 무리를 이끄는 전율에게 집중되었다.

"꾸우우우우우!"

비앙느들은 크게 소리치며 전율에게 달려들었다.

전율이 가장 강한 존재라는 걸 본능적으로 느낀 것이다.

하지만 그것은 섶을 지고 불구덩이에 뛰어드는 짓이었다.

전율의 눈에 섬뜩한 섬광이 일었다.

그의 두 주먹에 보랏빛 오러가 맺혔다.

"오러 피스톨!"

전율이 다가오는 비앙느들을 향해 원투펀치를 날렸다.

그의 주먹에 응축된 오러가 순간적으로 터져 나가며 거대한 폭발을 일으켰다.

콰아아앙! 콰아앙!

"꾸우우욱!"

"꾸위이이익!"

오러 피스톨에 휘말린 백여 마리의 비앙느들이 흔적도 없이 사라졌다.

전율에게 달려들던 선두의 동료들이 눈 깜짝할 새 소멸되자 뒤따라오던 비앙느들은 적잖이 당황해 멈춰 섰다.

하지만 그건 바보 같은 짓이었다.

지금도 검은 통로에서는 계속해서 비앙느가 몰려나오는 중이었다. 한데 그 상황에서 멈춰 서버리니 뒤에서 밀고 나가는 다른 비앙느들에게 짓밟히고 말았다.

"꾸우욱!"

비앙느들은 마치 좀비처럼 맹목적으로 전율에게 몰려들었다.

동료를 짓밟고 있다는 의식조차 없었다.

그들의 머릿속엔 온통 전율을 죽여야 한다는 생각만이 가득했다.

"나도 몸 좀 풀어볼까!"

"나도 가만있을 수 없지."

이건과 루채하가 비앙느 무리에게 마주 달려 나갔다.

"꾸우우우!"

비앙느 두 마리가 그런 두 사람의 앞을 가로막고 서며 긴 팔을 매섭게 휘둘렀다.

그 순간 루채하는 바람의 칼날을 일으켜 비앙느 한 마리의 목과 허리를 잘라놓았다.

보이지 않는 무형의 공격에 당한 비앙느는 팔을 휘두르던 자세 그대로 허물어져 펄떡거렸다.

한편, 옆에 있던 이건은 방어 같은 건 생각도 하지 않았다.

퍼퍼퍽!

비앙느의 주먹 네 개가 이건의 얼굴과 옆구리, 복부 등을 때렸다.

하지만.

우드득! 두득!

부러진 건 공격을 한 비앙느의 주먹이었다.

"꾸욱?!"

이건의 몸 그 자체가 오러화되어 있었다.

비앙느의 공격이 통할 리가 없었다.

"우리얍!"

이건이 주먹을 내질렀다.

빽! 퍼어어엉!

앞을 막고 있던 비앙느가 가슴을 얻어맞았다. 한데 몸 전체가 터져 나갔다. 그만큼 오러화된 주먹의 위력은 어마어마했다.

한 놈을 처리하고 나니 당장 또 한 놈이 달려들었다.

이건은 망설임 없이 그 놈에게도 주먹을 휘둘렀다.

녀석은 앞서 유명을 달리한 비앙느가 당한 걸 똑똑히 보았다. 그래서 섣불리 공격하지 않고 이건의 주먹을 팔로 막았다.

바보 같은 짓이었다.

빽! 퍼어어엉!

이건의 주먹이 팔을 부러뜨리고 들어가 가슴을 가격했고, 놈의 몸도 산산조각이 나 넝마처럼 흩어졌다.

두 사람의 뒤를 따라 유지광과 이서진, 장도민도 전장에 뛰어들었다.

장도민이 배리어 탄환을 비앙느들에게 날려 보냈다.

퍼퍼퍼퍼퍽!

엄청난 견고함을 자랑하는 배리어 탄환은 비앙느의 몸을 골판지처럼 뚫어버렸다.

여기저기서 십수 마리의 비앙느들이 몸에 바람구멍이 나서 뒤로 넘어갔다.

유지광은 두 자루 무형검을 귀신같이 다루며 근처의 비앙느들을 농락했다.

유지광이 지나가는 주변으로 수많은 비앙느들이 피를 흘리며 쓰러졌다.

이시전은 중력을 제어해 비앙느의 뇌를 터뜨려 즉사시키는 한편, 간간이 장도민과 유지광을 도왔다.

"이제 나도 움직여 볼까?"

조하영이 콧소리를 흘리며 앞으로 걸어 나갔다.

비앙느들은 조하영은 아예 안중에도 없었다.

그들은 1순위로 전율을 죽이려 했고, 다음으로 자신들을 공격하는 다른 어스 뱅가드 멤버들을 적당히 상대할 뿐이었다.

덕분에 조하영은 비앙느 천 마리를 아주 여유롭게 매혹시킬 수 있었다.

천 마리의 비앙느 군단은 전율을 향해 달려들다 말고 갑자기 돌변해서 자기 동료들에게 이를 드러냈다.

"물어뜯어."

"꾸우우우우우!"

매혹 당한 비앙느 군단이 동료들을 물어뜯고 쥐어 패며 개싸움을 벌였다.

갑작스레 변한 동료의 모습이 당황스러울 법도 하건만, 비앙느들은 그러거나 말거나 맞서 싸우며 계속 전율에게로 몰려들 뿐이었다.

한편, 진태군과 설열음, 장철수는 가장 늦게 전장에 도착했다.

"우리도 늦장 부릴 순 없지."

진태군이 설열음의 어깨를 탁 쳤다.

"지원하자."

설열음이 고개를 끄덕였다.

두 사람이 광범위 화염 마법과 빙결 마법을 동시에 시전했다.

"파이어 레인!"

"아이스 캐논!"

순간 비앙느 무리의 한복판에 불 소나기가 쏟아졌다.

마른하늘에 날벼락도 이런 날벼락이 없었다.

어디 한 군데 피할 구석이 없이 촘촘하게 내려온 불 소나기는 진태군이 지정한 마법의 시전 지점으로부터 직경 10미터가량을 불바다로 만들었다.

불소나기 한 방울 한 방울은 모두 초고열의 화염 덩어리였다. 크기가 우박만 하다고 무시할 수가 없었다.

얻어맞는 순간 피부를 뚫고 뼈까지 녹이며 파고들어 버린다.

머리에 맞으면 뇌가 녹아 즉사하는 것이다.

퍼퍼퍼퍽!

"꾸우우!"

"꾸욱!"

파이어 레인에 당한 비앙느 수백 마리가 괴로운 비명을 흘리며 허물어졌다.

한편 그 옆의 비앙느 무리들은 아이스 캐논에 얻어맞아 단단한 얼음 동상이 되어 깨져 나갔다.

아이스 캐논은 닿는 것은 무엇이든 얼려 버리는 광범위 마법이다.

집채만 한 구 형태의 빛 무리들이 적들에게 무작위로 쏟아져 내리는데, 그것에 스치기만 해도 전신이 언다.

피부는 물론이고 몸속의 장기와 피까지 얼어버리는 것이다.

그 상태에서 자그마한 충격이라도 전해지면 얼음 동상이 깨져 나가듯 무참히 조각나 버리고 만다.

아이스 캐논에 당한 비앙느 무리 또한 수백이었다.

"이이이이! 나도 더 이상 가만있을 수는 없겠구만!"

장철수는 아직까지도 겁이 나서 전장에 뛰어들지 못하고 있었다. 하지만 동료들이 싸우는 모습을 보니 피가 끓어올랐다.

"그래! 나가 누구여! 마스터 콜을 전부 클리어하고 에르빽씨 안가 뭔가에도 간 사람이여! 늬들이라고 날 어떻게 할 수 있을 것 같으냐!"

드디어 장철수가 용기를 냈다.

그가 바람처럼 달려 나가 비앙느 무리들의 생령을 흡수해 나갔다.

장철수와 살이 맞닿은 비앙느들은 눈이 풀리며 실 끊어진 꼭두각시 인형마냥 픽픽 쓰러졌다.

"으하하하하! 이거 별것 아니고만!"

신이 난 장철수는 다른 외계 종족의 힘을 흡수하며 얻은 각종 원소 마법까지 시전해 가며 비앙느를 처리해 나갔다.

모든 어스 뱅가드 멤버들이 비앙느를 잡아나가고 있을 때, 여태 전장에 발도 들이지 않고 있는 한 사람이 있었다.

바로 김기혜였다.

그녀는 열심히 전투를 벌이는 멤버들을 보며 만족스럽게 고개를 끄덕였다.

"좋아여! 주인공은 항상 나중에 나서는 법! 이제 내가 나설 차례인 것 같다는! 이효~!"

김기혜의 신형이 갑자기 사라졌다.

사라졌다고 느낄 만큼 빠르게 움직인 것이다.

이윽고 전장의 한복판에서 비앙느들의 처절한 비명 소리가 울려 퍼졌다.

"꾸우우욱!"

"꾸위이익!"

"캬하하하하!"

"꾸에엑!"

비명 소리 속에 김기혜의 웃음소리가 미묘하게 섞여 있는 게 어쩐지 그로테스크했다.

김기혜의 손속에 난도질당한 비앙느들은 가장 잔인한 고통스럽고 잔인한 죽음을 맞아야 했다.

김기혜는 전장의 무법자였다.

그녀는 전신에 무장을 한 일곱 가지의 무기를 전광석화처럼 바꿔 사용하며 비앙느를 비틀고 찢고 짓이겨 놓았다.

전율을 포함한 열두 명의 어스 뱅가드 멤버들은 끝없이 밀려드는 외계 종족을 상대로 압도적으로 우위에 선 전투를 벌였다.

이미 5차 침공 레벨의 외계 종족까지 가볍게 눌러 버리는 그들이다.

비앙느 무리 따위 아무것도 아니었다.

갈수록 이건 전쟁이라기보다 일방적인 학살에 가까워졌다.

전쟁이 벌어진 지 이제 겨우 십 분을 넘기고 있었건만, 죽어 나간 비앙느의 수만 1만 가까이 되었다.

당연한 얘기지만 어스 뱅가드 멤버들의 몸에는 작은 상처 하나 생기지 않았다.

"오버 퀘스트 하는 기분인데?"

퍽! 뻐어엉!

이건이 비앙느들을 원투, 스트레이트로 쓰러뜨려 나가며 말했다.

그의 옆에서 광풍을 일으켜 십여 마리의 비앙느를 단숨에 갈아버린 루채하가 고개를 끄덕였다.

"맞아. 아주 수준이 낮긴 하지만."

더 이상 비앙느는 어스 뱅가드 멤버들을 긴장시키지 못했다.

이 정도밖에 안 되는 놈들이라면 4만이 아니라 10만 마리가 쳐들어와도 충분히 감당할 수 있었다.

게다가 그들에게는……

"오러 플라즈마."

콰아아아아아아앙!

"꾸-우-우-욱!"

"꾸에엑!"

기술 한 방으로 천 마리의 비앙느를 처리해 버리는 전율이 있었다.

*　　　*　　　*

전쟁은 일방적이었다.

통로에서 튀어나오는 비앙느보다 죽어나가는 비앙느가 더 많았다.

전쟁이 일고 삼십 분이 흐른 시점에는 이미 3만의 비앙느가 죽어나갔다.

남은 건 1만 마리!

하지만 이미 전장에는 비앙느의 시체만 가득할 뿐, 두 발로

서 있는 이들이라고는 어스 뱅가드 멤버들이 전부였다.

그럼 1만 마리는 어디에 있느냐?

그 녀석들은 검은 통로에서 나오는 순간, 그 앞을 포위하고 선 어스 뱅가드 멤버들에게 족족 죽어나가는 중이었다.

생각했던 것 이상으로 전쟁은 쉬웠고 그 덕분에 전율은 기껏 손에 넣은 사방신의 힘도 사용할 겨를이 없었다.

그에 지루해진 청룡이 더 참지 못하고 입을 열었다.

[고작 너희 인간들이 싸우는 모습이나 지켜보라고 우리를 소환수로 만든 것이더냐!]

그러자 현무가 그를 달랬다.

[진정해, 청룡.]

[지금 진정하게 생겼는가? 이렇게 뒷방 늙은이마냥 안에 가둬두고 내보내지도 않을 심산이었다면 소환수가 된 이유가 없지 않은가! 고작 이런 녀석들을 상대할 셈이었다면 우리를 뭣하러 꼬드겼단 말이야!]

[비앙느라는 외계 종족은 충분히 강했어. 지구를 얼마든지 위협할 수 있을 만큼 말이야. 하지만 이 아이들이 그보다 훨씬 강했기 때문에 우리가 나설 틈이 없었을 뿐이야.]

[그걸 누가 모르는가!]

[잘 알고 있겠지. 하지만 그걸 알면서도 심통이 난 거잖아. 마음을 다스려. 싸움을 좋아하는 네가 나서지 못해서 답답한

건 잘 알지만, 무엇보다 중요한 건 지구가 무사하다는 거야. 그 일을 해낸 건 바로 이 아이들이고. 그렇지 않아?]

[흠!]

현무의 조곤조곤한 설명에 청룡은 입을 닫아버렸다. 하지만 한번 불같이 인 화는 좀체 가라앉지를 않았다.

그에 주작이 나섰다.

[전율, 지금이라도 청룡에게 기회를 주는 게 어떻겠느냐.]

주작의 부탁을 전율의 입장에서는 거절할 이유가 없었다.

안 그래도 기껏 사방신을 테이밍시켜 놓고 써먹지를 못해 아쉽던 터였다.

한데 쉽게 이길 수 있는 싸움에서 굳이 사방신을 소환해 버리는 게 실례인 것 같아 참고 있었던 전율이었다.

"소환, 청룡."

전율이 청룡을 소환했다.

그러자 그의 이마에서 환한 빛이 뿜어져 나와 파란 비늘을 가진 거대한 용의 형상으로 변했다.

갑자기 하늘에 나타난 청룡을 발견한 어스 뱅가드 멤버들이 화들짝 놀랐다.

"저건 뭐야! 새로운 외계 종족이냐!"

이건이 하늘에다 헛주먹질을 해대며 소리쳤다.

"아니. 내가 테이밍한 사방신 중 한 명, 청룡이다."

"끼햐아! 실제로 용을 보는 건 처음이에요! 가슴이 막 도키도키한다는!"

청룡을 바라보는 김기혜의 눈이 하트로 변했다.

그녀는 두 손을 모아 가슴께에 얹고서 소녀처럼 팔짝팔짝 뛰었다.

"크허어억! 처, 청룡이라니! 그, 그런 게 정말로 있었단 말이야? 이, 이렇게 신기할 수가! 이렇게 놀라울 수가!"

숨넘어갈 듯 놀라는 장철수를 보고 이서진이 고개를 절레절레 저었다.

"손대는 것만으로 다른 사람 생명 빨아먹는 분이 할 소리에요?"

"어스 뱅가드 멤버들은 잠시 뒤로 물러나서 지켜보도록 하세요, 청룡의 힘을."

전율이 시키는 대로 멤버들은 검은 통로에서 훌쩍 물러났다.

한데 발이 닿는 곳마다 비앙느의 시체가 밟혔다.

이곳에서 죽어 넘어진 시체의 수가 무려 3만 이상이다. 이미 숲 속 공터의 고즈넉함은 사라진 지 오래다.

시체가 산을 쌓고 피가 바다를 이루어 음침하기 그지없는 죽음의 땅처럼 변해 버렸다.

그런데도 검은 통로에서는 계속 외계 종족이 줄지어 나왔고, 하늘에서는 청룡이 그런 그들을 가만히 주시하고 있었다.

그야말로 기이한 그림이 아닐 수 없었다.

청룡이 나타났음에도 비앙느들은 계속 전율에게만 달려들었다.

말인즉, 비앙느가 판단하기에 청룡보다 전율이 강하다는 뜻이다.

그것은 청룡의 심기를 건드리기에 충분했다.

"감히 나를 몰라보고 어디로 뛰어드는 것이더냐!"

청룡의 고함에 어스 뱅가드 멤버들이 일제히 귀를 틀어막았다.

마치 벼락이라도 치는 것처럼 쩌렁쩌렁한 음성이 숲을 온통 뒤흔들었다.

청룡은 용틀임을 하듯 몸을 비틀더니 허공을 빙글빙글 돌다가 비앙느 무리를 무섭게 쏘아보았다.

순간!

번쩍! 콰르릉! 콰르르르릉!

하늘에서 번개 다발이 내려와 비앙느들에게 작렬했다.

"꾸이익!"

"꾸우우우우우우!"

갑작스레 떨어진 날벼락에 무방비로 당한 비앙느들이 까맣게 타 풀썩풀썩 쓰러졌다.

청룡의 눈에서 푸른 안광이 일었다.

콰드득! 콰드드드득!

그와 동시에 대지가 몸살을 일으키더니 전진하는 비앙느 무리의 앞에 균열이 생겼다. 그것은 이내 크게 갈라지며 깊은 낭떠러지가 만들어졌다.

그 속으로 숱한 비앙느의 시체와 함께 전율에게 다가서던 무리들도 함께 빨려 들어가 생매장당했다.

거기서 끝이 아니었다.

청룡의 눈이 한 번 더 빛을 발하니, 갈라졌던 대지가 다시 이어 붙었다.

콰직! 콰지직!

"꾸우우우우!"

대지의 상흔 사이로 비앙느의 시체가 짓이겨지는 섬뜩한 소리와 놈들의 고함, 그리고 붉은 핏물이 쭉 밀려 올라왔다.

청룡은 현세에 강림하자마자 비앙느 수백 마리를 단숨에 해치워 버렸다.

"감히 하찮은 것들이 여기가 어디라고 마수를 뻗친단 말이더냐! 네놈들에게 지옥을 구경시켜 주겠다!"

청룡의 고함에 어스 뱅가드 멤버들은 질겁하며 귀를 틀어막았다.

"저, 저저 빌어먹을! 소리 좀 그만 지르라 그래!"

장철수가 헤롱대며 짜증을 냈다.

그러는 사이 청룡의 무지막지한 공격이 계속 이어졌다.

전율을 목표로 달려드는 비앙느들은 번번이 청룡의 번개 다발에 얻어맞고 땅속으로 매장당했다.

그들은 전율의 근처에도 도달하지 못하고서 전부 죽어나갔다.

그렇게 청룡은 홀로 십여 분을 싸우며 비앙느 삼천여 마리를 처리하고 나서 심드렁한 목소리로 말했다.

"고작 이 정도밖에 안 되는 놈들을 상대로 열을 낸 것이 허탈해질 지경이구나."

"이제 만족한 건가?"

전율의 물음에 청룡은 고개를 끄덕였다.

"난 그만 돌아가겠다."

"좋을 대로. 봉인, 청룡."

청룡은 빛으로 화해 전율의 안에 봉인되었다.

이제 다시 어스 뱅가드 멤버들과 비앙느의 전투가 이어졌다.

남은 수는 칠천도 되지 않았다.

$$* \qquad * \qquad *$$

강원도 춘천의 이름 모를 외진 산속에서 벌어지는 전투를 멀리서 지켜보는 이들이 있었다.

검은 정장을 걸친 남자 둘과 여자 한 명이었는데, 그들은 모두 앞이 보이지 않을 정도로 진하게 선팅된 고글을 착용한 상태였다.

중요한 건, 그들이 있는 위치에서는 절대로 전장이 보이지 않는데 그들은 전장의 상황을 생생하게 보고 있었다는 것이다.

비밀은 고글에 있었다.

그것은 고글처럼 생겼지만 실상은 고글이 아닌, '스크린(Screen)'이라는 물건이었다.

그리고 그들의 스크린에 전장의 상황을 송출해 주는 건 초파리 모양의 소형 카메라 '플라이(Fly)'였다.

세 사람은 스크린에 비추어지는 영상을 보며 도통 입을 다물지 못했다.

"드디어 잡았어."

오래도록 이어지던 침묵을 깨버린 건 셋 중 유일한 여인, '진이나'였다.

"그렇지, 그렇지. 내가 분명히 있을 거라고 그랬지. 저런 인간들이."

진이나의 말에 덩치가 큰 대머리 사내 '유태현'이 입꼬리를 말아 올리며 고개를 주억거렸다.

"이로써 우리 '초월고리회'의 존재 의의가 확실하게 증명된 셈이야."

"암~! 초월고리회는 더 이상 전 세계적 괄시를 받는 집단이 아니게 되었다는 거지. 그렇고말고."

진이나가 여태껏 아무런 말도 없는 금발 머리의 사내 '이광지'에게 물었다.

"광지! 군부대는 완벽하게 통제한 거지?"

이광지가 대답 대신 손가락으로 동그라미를 그려 보였다.

"그래. 언론통제야 상부에서 알아서 해줄 테고. 그래도 혹시 모르니까 스크린 채널 돌려가면서 숲 주변으로 다가오는 기자들 있나 없나 잘 봐. 꼭 특종 한번 잡겠다고 목숨 거는 똥파리들이 있다니까."

그때 이광지가 고개를 갸웃거리며 입을 열었다.

"근데… 정치판에서 이번 일을 묵과하고 넘어갈까? 정치인들한테 이번 사건은 아주 좋은 먹잇감일 텐데. 특히 여당한테는 야당이 틀어쥐고 있는 판을 흔들 무기로 사용하기에 제격일 테고."

"정치판 얘기는 난 몰라."

유태현이 관심 없다는 듯 손을 휘이휘이 저었다.

덕분에 대답은 진이나에게서 돌아왔다.

"장담하는데, 이번 일이 어떠한 루트로 정치인들의 귀에 돌어가게 되었다고 쳐. 그리고 그 정치인이 이 사건을 정치적 무기로 활용하려 하는 순간, 목이 잘리게 될 거야."

"옷 벗는다고?"

"아니, 정말로 목 잘린다고."

"우리 초월고리회가 그 정도였나?"

"넌 아직 여기서 일한 지 삼 년밖에 안 돼서 감이 없는 거야. 초월고리회는 세계적으로 왕따를 받는 집단이라고 농담 삼아 얘기하지만, 그게 그저 농담만은 아닌 거 너도 알 거야. 그런데 그런 상황에서도 이백 년이 넘게 무너지지 않고 이어져 내려왔어. 실상을 따지자면 세계적으로 가장 유명한 비밀 조직 프리메이슨보다 초월고리회의 세력이 더 커. 세상에 미치는 영향력은 당연 월등하고."

"…그래?"

"그렇지 않으면 어떻게 세상 사람들이 프리메이슨보다 더 큰 초월고리회에 대해 모르겠어? 초월고리회가 세상의 입을 통제해서 덩치를 감출 수 있다는 건 그만큼 영향력이 있다는 반증이야."

초월고리회.

그것은 2,500년 전부터 이어져 내려온 비밀 조직으로 세상에 존재하는 초능력자들을 발굴하고 키워온 집단의 이름이다.

초월고리회는 세상에 존재하는 모든 비밀 집단 중 명실상부 최고의 권위와 힘을 자랑했다.

그도 그럴 것이 초월고리회를 이끌어가는 이들이 세상을 쥐락펴락하는 자들의 후손으로 줄곧 이어져 내려왔기 때문이다.

한데 어느 순간부터 초능력자들을 발굴하지도, 배출해 내지도, 만들어내지도 못하게 되었다.

어떠한 이유로 이러한 현상이 벌어진 건지 정확한 원인은 아직도 알 수 없지만 초능력자들의 맥이 탁 끊겨 버린 것이다.

그로 인해 영원불멸의 절대자의 위치에 있을 것이라 믿었던 초월고리회의 힘이 삼백여 년 전부터 점점 약해지고 있었다.

그래도 아직까지는 다른 집단의 추종을 불허하고 있었으나, 다시 백 년이 지날 때쯤이면 초월고리회의 이름이 무색해질지도 모를 일이었다.

한데 열흘하고도 하루 전.

하늘에 기이한 여인의 얼굴이 나타났다.

그것은 전 세계적인 현상이었고, 현대의 과학으로는 이 기현상에 대한 명확한 답을 찾아내지 못했다.

그러나 초월고리회의 과학은 현대의 과학 수준보다 조금 더 앞서 있었다.

그들은 내부적으로 구축한 여러 과학 지식들을 세상에 풀지 않았다.

초능력자들을 품지 못한 지금, 과학기술마저 오픈되어 버리면 초월고리회는 유명무실한 집단이 되어버리기 때문이다.

초월고리회는 이 과학기술로 계속해서 하늘의 얼굴에 대해 조사했다.

하나, 그들 역시도 기현상의 원인을 밝혀내지 못했다.

그렇게 시간만 흘러보내다 바로 오늘!

하늘의 얼굴이 사라졌고, 초월고리회는 분석 불가능한 거대한 에너지 덩어리가 대한민국 강원도의 어느 땅덩어리로 접근하고 있다는 걸 알아냈다.

초월고리회는 당장 한국 지부의 요원들에게 수색 명령을 내렸다.

그에 파견된 세 사람이 바로 진이나, 유태현, 이광지였다.

그리고 그들은 외계 종족과 싸우는 초능력자들을 보게 되었다.

"근데 이거 정말 대단한 수확이야. 그렇지 않아? 초능력자들을 발견한 것도 놀라운 일인데 에일리언까지 나타나다니 말야."

유태현이 호들갑을 떨었다.

"마냥 좋아할 때가 아니잖아? 초능력자들이 나타난 건 다행이지만, 외계 종족의 침입은 최악의 시나리오 아니야? 당장 눈앞에 보이는 놈들은 쉽게 처리하고 있다지만 더 센 녀석들이 침공하지 말란 법도 없잖아?"

이광지가 걱정스레 말했다.

하지만 그런 걱정이 무색하게 진이나는 단호히 고개를 저었다.

"지구를 위협하는 존재가 나타났다는 건 우리한테 하늘에서 금 동아줄을 내려준 거나 마찬가지야."

"왜지?"

"그래야 지구의 모든 사람이 초능력자의 힘을 더 원할 테니까. 초월고리회가 예전의 위상을 되찾는 건 시간문제겠지. 물론 지금 외계인들을 박살 내놓은 저들을 영입해야 가능한 이야기겠지만."

"그렇군."

"근데, 이나야. 영입 가능하겠어? 어렵겠지? 그렇지?"

유태현이 물었다.

이나는 잠시 뜸을 들이다가 입을 열었다.

"쉽지 않겠지."

"그럴 줄 알았지. 딱 봐도 강단 있게 생겼잖아."

말을 하며 이태현의 손이 스크린의 우측에 달린 작은 볼을 이리저리 돌렸다. 그러자 유태현의 눈에 비치는 전장의 광경이 클로즈업되며 전율의 얼굴을 잡았다.

"아까 용을 소환한 남자가 리더 같은데. 어지간한 말로는 절대 넘어오지 않을 것 같단 말야."

"하지만 영입해야 돼."

"그렇지, 그렇지. 응당 그래야지."

"게다가 물어보고 싶은 것도 많아."

진이나가 어스 뱅가드 멤버들에게 가장 궁금한 것. 그것은 대체 어떻게 외계 종족의 침략에 대해 눈치챘느냐 하는 거였다.

초월고리회의 과학으로도 하늘의 얼굴이 무엇인지 파악할 수 없었고, 운석이 지구를 향해 떨어지고 있다는 것도 대기권을 돌파한 다음에야 알게 되었다.

그게 다 무엇을 의미하는 건지는 당연히 오리무중이었다.

한데 저들은 외계 종족이 침략할 것을 이미 알고 있었다.

그렇지 않고서야 운석이 떨어지는 장소에 정확히 나타나 외계 종족을 기다렸다는 듯 때려잡을 수는 없는 일이었다.

또 하나.

그들 한 명 한 명은 초월고리회의 역사 속에서 가장 강하다고 평가되는 초능력자 '전우치'를 훨씬 능가하고 있었다.

대체 어떻게 해서 그런 힘을 얻게 되었는지도 궁금했다.

초월고리회에서 전 세계를 그렇게 이 잡듯 뒤져도 발견할 수 없었던 초능력자들이었다.

한데 어디서 어떻게 성장을 해, 집단으로 이렇게 나타난 건지 의문이었다.

저 정도의 초능력이 태어나면서부터 단숨에 얻어진 건 아닐 테고 그들은 전부 성인이다.

하면, 그 많은 시간 동안 분명 훈련을 했을 테고, 그렇다면 초월고리회의 수사망에 걸리는 게 당연한 수순인데 그들은 단 한 명도 초월고리회의 레이더에 잡히지 않았다.

진이나로서는 이해할 수 없는 노릇이었다.

하지만 어스 뱅가드의 멤버들은 그녀의 짐작과 달리 거대한 힘을 단숨에 얻게 되었다.

이는 다 마스터 콜이 있음으로써 가능했다.

그들이 이능력을 얻고 지금의 수준까지 키우는 데 걸린 시간은 단 열하루다.

게다가 이능력을 사용한 건 대부분 마스터콜로 가게 된 던전과 필드, 전장에서였다.

물론 현실에서도 이능력을 사용하긴 했지만, 그 며칠만으로 초월고리회가 그들의 존재를 파악하기에는 무리가 있었다.

진이나의 상식을 벗어난 행보를 걸어온 그들이었다.

진이나는 초월고리회의 수뇌부들도 인정하는 브레인이었고, 초월고리회의 시스템을 가장 잘 이해하고 있는 이들 중 한 명이었다.

그녀가 초능력자들을 찾지 못한다는 건 곧, 초월고리회도

찾을 수 없다는 것과 같았다.

한데 어마어마한 초능력을 지닌 12인의 사람이 갑자기 나타났으니 경악을 넘어서서 이해가 불가할 지경이었다.

"슬슬 전쟁이 끝나가는데? 두근두근거리네. 초능력자들과 진짜 대면하게 된다니. 너희도 그렇지?"

유태현의 가슴이 흥분으로 두근거려왔다.

그의 양쪽 입꼬리가 위로 말려 올라갔다.

"소풍 나온 아이처럼 들떠 있는 기분에 재 뿌리긴 싫지만, 방심하지 않는 게 좋을걸. 우리가 아무리 메가 슈트(Mega suit)를 착용한다 해도 그들이 마음만 먹으면 바로 저승행 열차 직행하는 거야."

메가 슈트는 신체의 능력을 열 배 이상 끌어 올려주며, 20톤의 충격까지 흡수하는 인체 공학 갑옷이다.

초월고리회가 자체적으로 개발해 낸 것으로, 초월고리회의 요원 중 중책을 맡고 있는 이들에게만 지급된다.

"모두 메가 슈트를 입어둬."

진이나가 말을 하며 손목에 차고 있던 메탈 시계의 측면에 튀어나온 돌기를 살짝 돌렸다.

그러자 시계에서 거미줄처럼 뿜어져 나온 검은 실 뭉치가 그녀의 전신을 휘감았다.

검은 실 뭉치는 곧 그녀의 몸에 딱 맞는 메가 슈트가 되었다.

그 모습이 꼭 전신 타이즈를 걸친 것 같았다.

디자인적으로는 크게 볼 것이 없었다. 왼쪽 가슴에 서로 연결된 두 개의 회색 고리가 박혀 있는 게 전부였다.

연결된 회색 고리는 초월고리회를 상징하는 마크였다.

진이나를 따라 유태현과 이광지도 메가 슈트를 착용했다.

유태현의 눈이 본능에 따라 진이나의 뒤태를 훑었다.

언제 봐도 건강한 몸이었다.

들어갈 곳은 들어가고 나올 곳은 확실하게 나왔다.

게다가 탄력이 있었다.

크면서도 처지지 않는 가슴과 엉덩이는 그녀가 평소에 얼마나 운동을 열심히 하는지 여실히 보여주고 있었다.

"이나야."

유태현이 은근하게 진이나의 이름을 불렀다.

그녀는 뒤도 돌아보지 않고 대답했다.

"싫어."

"…나 아직 아무 말도 안 했잖아? 그렇지, 광지야?"

"보나 마나 사귀자고 하겠지. 이번으로 129번째야. 안 지겨워?"

"아직 지겹다는 느낌은 안 드는데."

"내가 지겨워. 그리고 애초에 고백하는 타이밍 자체가 엉망이야."

"타이밍이 어때서?"

"내 몸 보고 눈 풀렸을 때만 고백하잖아."

"그럼 언제 고백해? 그때가 더 예뻐 보이는데. 그렇지 않냐, 광지야?"

"나한테 물어보지 마. 난 애인 있어."

"둘 다 시끄러워. 전투 끝나면 달려 나갈 준비해."

"그러지 뭐."

진이나의 타박에도 유태현은 실실 웃어넘길 뿐이었다.

*　　　*　　　*

어스 뱅가드 멤버들과 비앙느 무리의 전쟁은 하품이 날 만큼 긴장감이 없었다.

어스 뱅가드 멤버들이 워낙 일방적으로 전장을 지배하고 있었기 때문이다.

청룡이 판을 한번 휩쓴 뒤 돌아가고 이십 분이 흘렀다.

그동안 어스 뱅가드 멤버들은 육천이 넘는 비앙느를 섬멸했다.

이제 남은 수는 고작 천도 되지 않았다.

그만한 수를 정리하는 건 일도 아니었다.

전율을 비롯한 모든 모험가가 일시에 몰아치니 단 5분 만에 비앙느 무리는 전멸하고 말았다.

더 이상 검은 통로에서 비앙느는 튀어나오지 않았다.

검은 통로는 곧 닫혔다.

산속의 공터는 4만이나 되는 비앙느의 시체로 가득했다.

"뭐야? 끝난 거야?"

이건이 더 때려잡을 놈이 없나 주변을 살피며 물었다.

"와아, 생각보다 수월해서 뭔가 실감이 나지 않는다는."

김기혜가 머리를 긁적였다.

"장철수 님이 지구를 구했다 이거여!"

전쟁이 시작되었을 때만 해도 겁에 질려 있던 장철수는 이제 완전히 기세등등해져 있었다.

다른 멤버들은 그런 장철수를 보며 피식 웃었다.

"후우, 근데 이 시체들을 다 어쩌지?"

장도민이 피곤한 음성으로 말하며 뒷목을 주물렀다.

그러자 옆에 서 있던 진태군이 그의 말을 받았다.

"시체보다는 언론 노출을 더 신경 써야 하지 않을까 싶다."

"그렇죠. 이렇게 난리를 쳐 놨는데, 언론에 알려지지 않는 게 이상할 지경이죠. 위성이든 뭐든 우리가 외계 종족과 싸우는 모습이 다 찍혔을 테니까요."

유지광이 진태군의 말을 거들었다.

그러자 모두의 시선이 전율에게 집중되었다.

답이 나오지 않는 상황 속에서 믿을 사람은 전율밖에 없었다.

전율은 상당히 담담했다.

무언가 믿는 구석이 있는 것처럼 보였다.

"율 리더, 어떻게 해야 돼?"

이서진이 전율에게 답을 구했다.

그에 비로소 전율의 입이 열렸다.

"내 예상대로라면 이 상황을 쉽게 정리해 줄 이들이 나타날 겁니다. 하지만 그게 아니라면 외계 종족과 우리의 존재가 세상에 알려지겠죠."

"그럼 피곤해지는 거 아닙니까?"

루채하가 벌써부터 질려 버린 얼굴로 말미에 한숨을 쉬었다.

"피곤해지기만 하겠냐? 월드 스타가 될 거다."

이서진이 쏘아붙이듯이 말했다.

"나는 유명해져도 괜찮아. 그런 거 나쁘지 않거든. 월드 스타 되면 할리우드 배우들도 매혹시켜야지."

조하영이 사람을 홀리는 고혹적인 미소를 지어 보였다.

"저 골 빈 년."

이서진이 혼잣말을 흘리며 고개를 저었다.

어스 뱅가드 멤버들이 쓸데없는 얘기를 주고받던 와중, 여태껏 침묵을 지키던 이가 입을 열었다.

"저… '이 상황을 쉽게 정리해 줄 이들'이 누구죠?"

순간 모두의 놀란 시선이 목소리를 낸 주인공에게 집중되었다. 그녀는 설열음이었다.

"그래, 쟤도 입이 있긴 있었지."

장도민의 말이었다.

전율은 설열음의 물음에 대답했다.

"초능력자들을 품으려 하는 자들. 이른바 초월고리회라 불리는 자들입니다."

"초월고리회?"

장도민을 비롯한 어스 뱅가드 모두가 시선을 교환했다. 하지만 서로에게서 돌아오는 건 모르겠다는 제스처뿐이었다.

"그게 뭔데요, 율 리더? 막 음지의 세력 그런 거예요?"

김기혜가 눈을 초롱초롱 빛내며 물었다.

"맞습니다. 전생에서도 그들은 외계 종족의 4차 침공 이후 그 존재를 드러냈습니다. 초월고리회는 음지에 덩치를 숨기고서 전 세계의 정세를 쥐락펴락하는 여러 세력 중 가장 권위 있는 집단이었지만, 초능력자의 맥이 끊기며 그 힘을 잃어가던 중이었죠. 때문에 외계 종족의 침공 이후, 여러 비밀 조직이 그 모습을 드러내며 지구방위연합을 만들었을 때도 초월고리회는 제외되었습니다. 참고로 당시 지구방위연합의 이름은 어스 뱅가드였습니다."

"우와! 열음이가 만든 우리들 이름이랑 같네요!"

견우리가 신이 나서 소리쳤다.

"맞습니다. 저도 그것을 알고 난 뒤에 제법 놀랐었습니다. 아무튼 1차 외계 종족의 침략을 막아낸 이후 설립된 어스 뱅가드는 2차 외계 종족의 침략에 대비했습니다. 반년 후, 외계 종족은 예상했던 대로 2차 침공을 해왔습니다. 한데 그들은 1차 침공을 했던 비앙느들과 비교도 되지 않을 만큼 강했습니다. 게다가 화기류에 큰 대미지를 입지 않았죠."

"그럼 어떻게 상대를 했죠?"

루채하가 극도로 심각해져서 저도 모르게 질문을 던졌다.

과거의 이야기를 듣는 것뿐인데, 마치 자신이 그 절망의 무대 한복판에 있는 것처럼 몰입되어 버린 것이다.

"전쟁을 시작한 지 두 달이 넘어가도록 사살한 외계인은 수십 마리에 불과했습니다. 한데 어스 뱅가드는 바로 그 외계인의 시체에서 답을 찾아냈죠."

거기까지 얘기했을 때, 장도민이 중얼거렸다.

"마나 하트."

"맞습니다. 외계인의 시체에서 발견한 마나 하트가 돌파구였죠. 하지만 처음부터 그것을 사람에게 복용시킨 건 아닙니다. 그럴 생각조차 하지 못했죠. 대신 새로운 에너지원인 마나 하트를 외계 종족의 특수한 뼈, 가죽과 합성시켜 새로운 무기를 만들어냈죠. 다행스럽게도 그 무기들은 3차, 4차 외계 종족과의 싸움에서 큰 활약을 했습니다. 그런데 다섯 번째로 쳐들어온 외계 종족에게는 그마저도 통하지가 않았죠. 어스 뱅가드가 대체 어떻게 해야 외계 종족과 맞서 싸울 수 있을지 방법을 고민하고 있을 때, 숨어 지내던 초월고리회가 모습을 드러냈습니다."

Chapter 57.
초월고리회

전율은 초월고리회에 대해 계속 설명을 이어나갔다.

"초월고리회는 어스 뱅가드에 접촉해 자신들을 집단의 일원으로 받아들여 줄 것을 요구했습니다. 어스 뱅가드는 이미 아무런 힘도 없이 덩치만 큰 초월고리회를 받아줄 마음이 없었죠. 그저 일신상의 안전을 위해 어스 뱅가드에 의탁하려는 것처럼 느껴졌으니까요. 한데 초월고리회에서 히든카드를 내밉니다. 그들은 외계 종족과 맞설 방법을 알고 있다고 말을 한 거죠."

멤버들은 점점 더 전율의 이야기 속에 깊이 빠져들었다.

"도무지 외계 종족을 상대할 방법이 없던 어스 뱅가드의 입장에서는 초월고리회가 내놓은 카드를 무시할 수 없었죠. 어스 뱅가드는 비로소 그들과 협상 테이블에 앉았습니다. 그때 초월고리회가 제시한 방법이 바로 마나 하트를 사람에게 섭취시키는 것이었습니다. 십중팔구는 마나 하트를 섭취할 경우 그 힘을 견디지 못하고서 죽음에 이르지만 그중 한두 명은 어마어마한 힘을 발휘하는 초능력자로 거듭날 수 있다는 사실을 말해주었죠."

"위험 부담이 너무 큰데, 그런 방법을 어스 뱅가드에서 받아들였단 말이야?"

이서진이 물었다.

"그렇습니다. 어차피 그대로 가다간 다 죽을 판이었습니다. 아무것도 못 하고 죽느니 할 수 있는 방법은 다 동원해 보는 게 더 낫지 않겠습니까."

"……"

부조리한 말이긴 했지만, 헤쳐 나갈 도리가 없는 위기 속에서 어쩔 수 없이 택해야 하는 방법이기도 했다.

이서진은 다른 말을 더 꺼내려다가 그냥 입을 다물었다.

지금은 전율과 설전을 벌일 때가 아니었기 때문이다.

"초월고리회는 어스 뱅가드에게 초능력을 얻게 된 이들의 힘을 보여주었습니다. 그리고 그 힘을 이용, 독자적으로 사냥

한 외계 종족의 전유물까지 내놓았죠. 결국 어스 뱅가드는 초월고리회의 방법을 수용했으며, 그들을 연합의 일원으로 받아들였습니다. 그 이후부터 지구에는 초능력자, 즉 이능력자들이 우후죽순 늘어났습니다. 아울러 초월고리회는 어스 뱅가드에 녹아들자마자 거짓말처럼 빠르게 내부를 장악해 나갔죠."

"굴러들어 온 돌이 박혀 있는 돌을 밀어낸 겁니까?"

루채하가 물었다.

"네. 본래 어스 뱅가드를 세우고 일으켰던 수뇌부들은 자신들도 모르는 새에 주도권을 빼앗겼습니다. 결국 어스 뱅가드는 초월고리회 출신의 수뇌부들이 완벽하게 장악하게 되었죠. 한데, 아무도 그것에 대해 불만을 제기하지 않았습니다. 그 이후로 어스 뱅가드는 더욱 빠른 성장을 이루었으며 전과 비교할 수 없을 만큼 강대해졌기 때문이죠. 누구도 어스 뱅가드의 덩치를 그토록 짧은 시일 내에 불리지 못했습니다. 하지만 초월고리회 출신의 수뇌부들은 이를 가능케 했습니다. 실력 있는 자를 누가 비난하겠습니까. 자기 자리를 빼앗기면서도 아무 말 못 한 채, 그저 인정할 수밖에 없었던 거죠."

"그래서, 그 초월고리회의 사람들이 여기에 나타날 수도 있다는 게야?"

장철수는 전율의 긴 이야기를 겨우 머릿속에 욱여넣으며 말했다.

"그렇습니다. 전생에서는 초능력자가 나타나지 않았고, 그들이 우연히 마나 하트를 섭취함으로써 자체적으로 초능력자들을 만들어냈습니다. 때문에 초월고리회가 활동하는 것이 늦어졌습니다. 하지만 지금은 무려 12명이나 되는 강인한 초능력자들이 나타나 외계 종족을 말살했습니다. 그들은 똑똑하고 그만큼 높은 수준의 과학으로 만들어낸 여러 도구로 전 세계의 초능력자들을 찾고 있습니다. 그러니 우리를 못 찾아냈을 리 없습니다."

그때였다.

그다지 멀지 않은 곳에서 아름다운 여인의 음성이 들려왔다.

"아주 흥미로운 얘기네요."

전율을 비롯한 모든 멤버들의 고개가 같은 쪽으로 돌아갔다.

그곳에는 메가 슈트를 장착한 진이나, 유태현, 이광지가 서 있었다.

"어? 뭐야? 당신들 누구야? 갑자기 어디서 나타났어?"

이건이 미간을 확 구겼다.

"우리는 방금 저분께서 얘기한 초월고리회 사람들이에요."

진이나가 전율을 가리켰다.

그러자 어스 뱅가드 멤버들이 작게 웅성거렸다.

"반갑군."

전율이 짤막한 인사를 건넸다.

"반가워요. 근데… 상당히 구미가 당기는 말을 하시더라구요."

"전생에 대한 것 말인가?"

진이나는 미소와 함께 고개를 끄덕였다.

"우리가 근처에 있다는 걸 알고 계셨죠?"

전율 정도나 되는 사내가 그들의 인기척을 포착하지 못했을 리 없었다. 아무리 은밀하게 다가왔다 하더라도 인간의 한계를 초월한 전율의 감각을 속일 수는 없었다.

"몰랐다고 하면 믿겠어?"

"역시… 우리도 같이 들으라고 말한 거였군요. 저의가 뭐죠?"

"내가 미래에서 왔다는 걸 그쪽에서 알고 있어야 거래가 쉬워질 테니까."

"거래라고 하셨나요?"

"그래."

"우리는 셈에 무척 밝아요. 손해 보는 거래는 절대 안 하구요."

"그건 잘 알지. 어스 뱅가드에 손해 보고 들어가는 척하면서, 결국 그 거대한 조직을 통째로 잡아먹은 족속들이니."

전율이 비아냥거리자 유태현이 움찔했다.

이를 알아챈 진이나가 그의 허벅지를 툭 쳐서, 진정시켰다.

동시에 이광지가 유태현에게 속삭였다.

"괜히 혈기만 믿고 나섰다가 한주먹에 머리가 터질지도 몰라."

유태현이 씹어 먹을 듯 이광지를 노려보았다.

이광지는 아주 쿨하게 그런 유태현의 시선을 무시했다.

"당신이 하는 말이 진실이라면 이건 아주 큰 사건이에요."

"내 말이 거짓인지 진실인지 머리 굴리면서 날 떠볼 생각마. 난 거짓을 말한 적 없고, 믿든 안 믿든 그건 너희가 알아서 할 일이야."

"날 세울 필요 없어요. 전 그쪽이 하는 말이 제법 신빙성 있다고 생각해요. 아, 통성명도 못 했네요. 전 초월고리회 소속 대원 진이나라고 해요. 제 오른쪽에 있는 사람은 유태현, 왼쪽은 이광지예요."

유태현은 전율을 고깝게 노려봤고, 이광지는 아무 생각 없이 멍한 시선을 던졌다.

"전율이라고 한다."

"왜 계속 반말이야, 반말이. 나이도 이나보다 한참 어린 것 같은데, 그렇지?"

유태현이 이광지에게 물었다가 진이나의 팔꿈치에 복부를 얻어맞았다.

퍽!

"컥! 왜, 왜 날……."

나름 동안이라는 소리를 듣는 진이나였다.

유태현은 여자의 자존심을 건드렸고 그 대가는 결코 가볍지 않았다.

빡!

"켁!"

진이나가 구두 굽으로 유태현의 발등을 찍었다.

"얘기 다시 이어갈까요?"

진이나는 아무 일도 없었다는 듯 생긋 미소 지었다.

"그러지."

"우리 초월고리회와 어떤 거래를 하고 싶으신 거죠?"

"지금 너희들의 속사정은 내 손바닥 보듯 훤히 들여다보여."

"그런 것 같더군요."

"초월고리회는 내 존재에 대해 전혀 모르고 있었지."

"맞아요."

"하지만 나는 초월고리회에 대해 아주 잘 알고 있고."

"그것도 맞구요."

"이게 말이 되나? 일개 개인이 이천 년이 넘게 숨어 있던 최대 비밀 조직에 대해서 알고 있다는 게? 게다가 그 비밀 조직에서는 나에 대해 이렇게나 모르고 있었다는 것이 말이야."

"상부에서 알면 경천동지하겠죠."

"내가 미래에서 타임 슬립을 했다는 가정을 세우는 게 초월고리회의 입장에서도 가장 합당한 일이겠지."

"자존심을 생각한다면 그렇겠죠."

"아니, 논리적으로 생각해도 그래."

전율의 말은 믿기 힘들지만 믿지 않을 수도 없는 노릇이었다. 그는 계속 입을 열었다.

"초월고리회 소속 대원들이 우리에게 왜 접촉을 해온 걸까? 답은 간단해. 지금 초월고리회엔 우리가 절실히 필요하니까. 초능력자들의 맥이 끊긴 지 제법 오래됐잖아."

진이나가 피식 웃으며 고개를 천천히 저었다.

"우리 손에 쥐어진 패를 다 알고 있으니 서로 동등한 입장에서 거래를 하기란 어렵겠네요. 무엇을 원해요?"

"우리를 원한다면 힘을 빌려주겠다."

"힘을 빌려주겠다는 건 초월고리회에 들어오시겠단 말인가요?"

"그래. 단, 초월고리회는 우리를 받아들이는 그 순간부터 어스 뱅가드로 이름을 바꾸고 지구방위연합으로서 새로이 출범해야 한다."

"도저히 못 참겠네."

유태현이 결국 앞으로 나섰다.

"전율이라 그랬지? 맞지? 아까부터 초면에 반말 짓거리 하는 것도 맘에 안 들었는데, 이제는 아주 우리 초월고리회를 제멋대로 주무르려 하고 있네?"

전율이 유태현을 힐끔 바라보고서 물었다.

"리더가 아니지?"

"뭐?"

"너희 셋 중 리더는 나와 대화를 나누고 있는 저 여인인 것 같은데. 괜히 대화가 길어지는 건 사양하고 싶으니 빠져 있어."

"네가 빠져 있으라고 하면 내가 순순히 네~ 하고 빠져야 하……."

그때 전율이 주먹을 빠르게 뻗었다.

순간 응축된 풍압이 일며 쏜살같이 날아가 유태현의 복부를 가격했다.

뻑!

"악!"

유태현이 10미터 뒤로 날아가 바닥을 굴렀다.

"크허억!"

그는 고통에 숨이 막혀 배를 잡고 컥컥댔다.

그나마 메가 슈트를 입었기에 망정이지 안 그랬다면 내장이 파열됐을 것이다.

중요한 건, 전율은 자신의 힘을 거의 사용하지 않았다는 것이다.

"까불더니 저럴 줄 알았지."

이건이 유태현을 보며 이죽거렸다.

진이나는 동료가 얻어맞아 나가떨어지든 말든 관심도 없었다.

그녀의 모든 신경은 전부 전율에게만 집중되어 있었다.

"율 님께서 무슨 말을 하는 건지는 잘 알았어요. 하지만 그게 생각처럼 쉬운 일은 아니에요."

"내 제안을 바로 수락하지 않으면 난 초월고리회가 아닌 다른 곳과 손을 잡을 생각이다. 프리메이슨이든, 일루미나티든 내 힘을 필요로 하는 곳은 많을 테니까."

"상부에 율 님의 요구 조건을 얘기하고 그에 대한 답을 들을 시간이 필요해요."

"사흘. 더 이상은 기다려 줄 수 없다."

"촉박하네요."

"내겐 시간이 금이야. 지구의 멸망을 겪어본 입장에선 시간을 허투루 보내기 싫어지는 법이거든."

"좋아요. 사흘 안에 답을 보내 드리도록 하죠. 하지만 우리 쪽에서도 요구 조건이 있을지 몰라요."

그에 전율이 오른쪽 검지를 세워 보였다.

"딱 한 가지만, 조건을 들어보고서 수락하도록 하지."

"조건이 맘에 들지 않는다면 거래는 결렬되는 건가요?"

"그래. 그러나 약속하지. 지구방위연합으로 새 출발을 하게 된다면 향후 천 년간은 누구도 넘볼 수 없는 최강의 세력으로 자리 잡을 수 있도록 해주겠다고."

진이나가 피식 웃었다.

"너무 자만하는 거 아닌가요?"

"초능력자들을 단 한 달 안에 백 명 이상으로 늘려주겠어."

"……"

방금 그 발언엔 대담한 진이나조차도 말문이 턱 하고 막혔다.

"호오."

이광지가 뒤에서 탄성을 흘렸다.

유태현은 그제야 고통이 가셨는지 잔기침을 하며 일어섰다.

그가 비척거리며 진이나의 곁으로 다가와 귓전에 대고 속삭였다.

"어떻게 할 거야?"

진이나는 유태현을 쳐다보지도 않고 전율에게 물었다.

"그 말, 책임질 수 있나요? 초월고리회 사람들은 공수표 날리는 걸 제일 싫어해서요."

"내 목숨을 걸고 맹세하지."

"좋아요. 당장 상부에 전달하도록 할게요."

진이나는 셈이 빠르다.

그런데 이번 거래는 셈을 하고 말고 할 것도 없었다.

정체불명의 외계 생명체가 갑자기 지구를 침공했다.

그리고 홀연히 나타난 초능력자들이 그 강력한 외계 생명체 4만을 홀로 때려잡았다.

그런 이들을 영입하는 것도 모자라 한 달 안에 백 명이 넘는 초능력자를 추가로 영입하게 되는 것이다.

이미 지구의 전역에서는 외계 종족의 침공으로 난리가 나 있는 상태다. 하지만 그것은 깊은 해저에서 일어난 소용돌이일 뿐, 바다의 표면은 평온하기 그지없었다.

언론을 완벽하게 장악했기 때문이다.

세상 사람들은 외계 종족의 침공에 대해 전혀 모르고 있었다.

하나, 초월고리회가 알고 있는 것처럼 프리메이슨이나 일루미나티, CIA, FBI 등등 덩치가 큰 전 세계적 조직들은 이미 이 사건에 대해 전부 알고 있었다.

그들 역시 전율과 그의 동료들이 탐날 것이다.

다만 초월고리회에서 대놓고 침을 흘리며 먼저 접근하는 바람에 감히 나서지를 못하고 있는 것일 뿐.

게다가 이제는 과학이 지배하는 세상이라며, 초월고리회를 비웃었던 그들이었다.

지금에 와서 초월고리회에 맞서가며 전율 일행을 빼앗아 갈 만한 명분이 없었다.

진이나의 눈에 비친 전율은 절대 거짓을 말할 사람이 아니었다.

'무조건 잡아야 돼.'

진이나가 속으로 굳게 다짐했다.

*　　　　*　　　　*

초월고리회 한국 지부는 경기도 가평의 폐건물 지하에 숨겨져 있었다.

폐건물은 사람들의 발길이 닿지 않는 외진 땅 위에 뼈대만 덩그러니 남아 있었다.

건물의 안으로 들어가면 작동하지 않는 엘리베이터가 있다.

엘리베이터 역시 만들어지다 만 것처럼 1층을 제외한 2, 3층에는 타고 내리는 입구가 없었다.

아니, 애초에 위로 올라가는 형태가 아니었다.

사람을 싣고 내리는 공간을 제외한 주변 시설들이 아무것도 만들어져 있지 않았다.

그래서 흡사 공중전화 박스를 보는 것 같기도 했다.

몸통만 있으니 엘리베이터를 작동시키는 버튼도 없고, 열고 닫히는 문도 없었다.

그저 앞이 훤히 뚫린 직사각형의 깡통 상자였다.

진이나와 유태현, 이광지는 폐건물에 도착해 엘리베이터 안으로 들어섰다.

진이나가 메가 슈트의 착용을 도왔던 시계의 돌기를 빠르게 세 번 눌렀다.

그러자 동력원도 없던 엘리베이터가 작동하며 아래로 하강했다.

엘리베이터가 빠르게 모습을 감추자 바닥엔 뻥 뚫린 사각의 공간이 드러났다.

그것은 곧 미닫이문처럼 옆에서 슥 흘러나온 딱 맞는 사이즈의 콘크리트가 가려주었다.

*   *   *

초월고리회 지부는 지하 깊숙한 곳에 방공호의 형태로 만들어져 있었다.

그다지 넓은 규모는 아니었다.

사령실 하나와 요원들이 쉴 수 있는 넓은 방이 남녀 구분해서 두 개, 그리고 이런저런 놀이를 즐길 수 있는 오락실과 샤워실, 화장실 정도가 내부 구조의 전부였다.

초월고리회 한국 지부의 요원들 수는 312명.

하나 그들 대부분이 밖에서 초능력자들을 찾느라 바빴다. 그중에서도 10분의 1정도는 아직 수습 요원 기간인지라 다른 초능력자들을 쫓아다니면서 여러 가지 기술을 습득하는 중이었다.

이광지도 수습 요원 딱지를 뗀 지 얼마 되지 않는 햇병아리다.

하지만 그는 재능이 많은 사람이었다. 보통 사람은 쫓아올 수도 없는 속도로 초월고리회의 모든 기술을 습득했고, 뛰어난 역량을 보여주었다.

때문에 수습 과정을 마친 뒤, 얼마 되지 않아 실전에 투입되는 중책을 맡게 된 것이다.

아무튼 그렇다 보니 지하 기지에 상주하는 이들은 채 서른 명이 되지 않았다.

그중에서도 엔지니어나 의사, 요리사 등을 제외하면 열다섯 정도가 실제 초월고리회를 이끌어 나가는 수뇌부인 것이다.

물론 엔지니어, 의사, 요리사의 자격으로 지하 기지에 있는 이들도 초월고리회의 요원이었다. 이들이 초월고리회에 들어올 당시에는 사실 엔지니어, 의사, 요리사가 아니었다. 그들이 처음부터 주 업무와는 동떨어져 있는 분야에 종사하려고 초월고리회에 들어온 것은 아니었다.

한데 지하 기지에 상주하는 이들에게는 건강과 기계 관리를 해줄 사람이 꼭 필요했다. 해서, 여기에 관련된 전문 지식, 기술이 있는 이들이 나서서 부업무를 맡게 된 것이다.

지이이잉—

사령실의 문이 열리고 진이나 일행이 들어왔다.

사령실 내부는 수십 개의 모니터와 기기 판들이 어지럽게 펼쳐져 있었다.

그리고 일곱 명의 요원이 각자의 자리에서 맡은 임무를 해결해 나가느라 바빴다.

그중 중앙에 놓인 의자에 앉아 메인 스크린을 바라보던 이가 등을 돌려 진이나 일행을 바라봤다.

진이나 일행이 바로 고개를 숙였다.

"다녀왔습니다, 마스터 성."

마스터 성이라 불린 이는 호남형의 얼굴을 가진 48살의 중년인이었다.

검은 정장에 검은 구두를 신고, 수염은 단정하게 정리했으며, 흰머리가 희끗희끗한 장발은 올백으로 넘겨 질끈 묶은 모습이 인상적이었다.

"고생했어."

마스터 성의 입에서 듣기 좋은 중저음이 흘러나왔다.

"전율이라는 자, 참 재미있는 얘기를 하더라고."

마스터 성이 몸을 조금 돌려 테이블 위에 놓인 찻잔을 들었다.

그가 홍차의 향을 음미하다가 한 모금 마시고서 말을 이었다.

"미래에서 과거로 온 자……. 어떻게 생각해, 유성?"

마스터 성이 그의 오른편 자리에서 일하고 있는 진유성에게 장난스러운 시선을 던졌다.

진유성이 열심히 타자를 두들기다 말고 마스터 성을 힐끗 쳐다봤다. 가뜩이나 날카롭게 생긴 사내가 고개는 고정한 상태로 눈동자만 들어 올리니, 기분 나쁘게 노려보는 것 같았다.

그가 버릇처럼 안경을 치켜 올리며 말했다.

"초월고리회의 과학 수준으로도 타임 슬립은 아직 이론상으로만 증명됐을 뿐, 구현하기엔 무리가 있어. 하지만 불가능하진 않아. 시간만 충분히 주어진다면 누구보다 먼저 내가 해낼 테니까."

"그게 언제쯤일까? 기다리다 지치겠는걸."

"당분간 말 걸지 마."

진유성의 눈이 날카로운 예기를 발했다. 동시의 그의 손이 무서운 속도로 타자를 두들기기 시작했다.

그 모습을 보며 마스터 성이 어린아이 같은 미소를 머금었다.

그에 진이나가 한숨을 쉬었다.

"가만히 있는 사람 왜 건드려요?"

유태현이 키들댔다.

"또 며칠 식음 전폐하겠네."

옆에서 이광지가 고개를 끄덕였다.

"그런다고 타임 슬립의 이론을 내일 당장 현실에서 구현할 수는 없겠죠."

세 사람의 연속 콤보에 기어코 진유성이 한마디를 하고 말았다.

"언젠가는 구현할 날이 올 테고, 난 그날을 1년이라도 줄이기 위해서 이러는 거다. 그래야 빌어먹을 마스터 성이 성질 긁지 않지."

진유성은 초월고리회에서 타임머신을 개발하는 데 총력을 기울이고 있었다.

초월고리회의 전 세계 지부에는 꼭 한두 명씩이 타임머신 연구에 배정되고는 한다. 초월고리회가 타임머신 개발에 노력을 쏟는 건 다른 이유가 아니다.

현실에서 초능력자를 발견하지 못하면 과거로 넘어가서라
도 데려오기 위함이었다.

미래에 지구가 멸망할 당시 어스 뱅가드에서 연구하고 있던
타임머신 역시 초월고리회의 개발자들이 한데 모여 총력을 기
울인 결과물이었다.

한데 초월고리회의 모든 개발 업무 중에서 그 진행도가 가
장 미미한 상태이니 자존심 센 진유성이 이토록 집착하는 것
이었다.

그 때문에 미래에서 왔다는 전율의 얘기가 진유성에게는
상당히 거슬렸다.

그가 정말 미래에서 온 인물이라면 타임머신의 개발은 필
요가 없다.

아니, 12명의 초능력자들이 초월고리회에 들어오고, 전율이
호언장담한대로 한 달 내에 100명의 초능력자들을 끌어들인
다면 과거로 돌아가야 할 이유가 어디 있겠는가?

당연히 타임머신의 개발도 중단될지 모르는 일이다.

하지만 한번 손에 잡은 걸 마무리도 짓지 못한 채 엎어야
한다는 건 진유성의 자존심이 허락지 않았다.

그러니 더더욱 전율이라는 인간이 탐탁지 않은 것이다.

"아무튼 그가 한 말이 전부 진실이라면 전 세계에는 지각변

동이 일 거야."

"하지만 그렇다고 함부로 지구방위연합 같은 걸 발족할 순 없잖나?"

상황을 잠자코 지켜보던 뚱뚱한 사내 박진완이 도넛 가루를 입 주변에 가득 묻히고서 말했다.

"쉬운 일은 아니지."

마스터 성이 차를 한 모금 더 음미했다.

그와 동시에 박진완은 남은 크림 도넛 조각을 입에 전부 집어넣었다.

"쩝쩝. 그런데 왜 지구방위연합을 만들라고 했을까? 당연히 2차, 3차 외계 종족의 침입이 있을 거라는 얘기겠지?"

"아마도."

"만약 그렇게 된다면 그 초능력자들의 힘이 상당히 필요할 테고, 그들을 옹립한 세력이 다른 세력 다 잡아먹는 건 일도 아니겠네."

"그렇겠지."

어설픈 초능력을 구사하는 이들이라면 얘기가 달라진다.

하지만 전율 일행은 한 명 한 명이 일당백, 아니, 그 수십 배 이상의 힘을 가지고 있었다.

현재 한국의 군사력을 총동원한다 해도 그들을 상대할 수는 없을 것 같았다.

핵을 쏘아버리지 않는 한 말이다.

"네 생각은 어때?"

마스터 성이 이나에게 물었다.

이나가 잠시 고민하다 대답했다.

"그들과 손을 잡는 게 현명하다고 봐요."

"왜지?"

"그렇지 않고서는 대안이 없어요. 초월고리회가 아직은 다른 세력들을 잘 견제하고 있지만, 이 상태라면 앞으로 5년 안에 무너지고 말 거예요. 지금 초월고리회엔 초능력자들의 존재가 절실히 필요해요. 그런데 그들마저 다른 세력에 빼앗긴다면? 초월고리회의 미래는 없다고 봐야겠죠."

"음……."

마스터 성의 머리가 아래위로 미세하게 끄덕여졌다.

그때였다.

─아주 냉정하고 정확한 판단일세.

갑자기 중앙 스피커에서 묵직한 노인의 음성이 흘러나왔다.

사람들은 시선을 메인 스크린으로 향했다. 그리고 일제히 고개를 숙여 예를 표했다.

스크린 안에는 사람 좋은 미소를 짓고 있는 백발에 금안을 가진 노인이 나타나 있었다.

그가 바로 현 초월고리회 대표 '케인(Cane)'이었다.

그의 본명이 무엇인지 아는 사람은 아무도 없었다. 다들 그저 그를 '리더 케인'이라 불렀다.

"오래간만에 뵙습니다, 리더 케인."

마스터 성이 대표로 인사를 건넸다.

─반갑네, 마스터 성. 이번에 한국에서 엄청난 사건이 터졌더구만.

케인은 한국어를 아주 능숙하게 사용했다.

그는 전 세계의 모든 언어에 통달한 천재적 두뇌의 소유자였다.

"네. 안 그래도 곧 보고드리려던 참이었습니다."

─레이디 진의 의견은 잘 들었네. 마스터 성, 자네의 의견은 어떠한가? 그들과 손을 잡아야 한다고 생각하는가?

마스터 성은 망설임 없이 답했다.

"그렇습니다."

그에 사령실에 있던 요원 몇몇이 놀라서 마스터 성을 바라보았다.

진유성은 자신의 일에 빠져 주변 상황이 전혀 인지되지 않아 키보드만 두들겼다.

워낙 낙천적인 박진완은 마스터 성이 뭐라고 하든 말든 새 도넛을 입에 넣고 우물거렸다.

타타타타타탁!

"쩝쩝. 쩝쩝."

잠시 정적이 내려앉은 사령실에 타자 소리와 도넛 씹는 소리만이 울려 퍼졌다.

그때 다시 케인의 음성이 스피커를 통해 흘러나왔다.

─나 역시 그대들의 의견에 동의하네.

"리더 케인, 진심이세요?"

사령실의 유일한 여인이자 마흔이 넘도록 시집을 가지 못해 요새 한창 노처녀 히스테리에 빠져 있는 서지율이 경악하듯 물었다.

─레이디 서. 여전히 동안이구만.

"농담이 나와요?"

─진담일세. 누가 자네를 마흔 줄로 보겠나.

"마흔 줄이 아니라 갓 마흔 된 거거든요. 말 돌리지 마시고, 정말 그들의 요구에 응하겠다구요?

─그렇다네.

서지율이 열을 올리려 하자 마스터 성이 손을 들어 그녀를 제지했다.

"미안해, 지율 양. 이 부분에 대해서는 리더 케인과 나 둘이서만 대화를 나눌 수 있도록 할게."

"그러시든지요."

서지율이 불쾌하다는 티를 팍팍 내며 고개를 휙 돌렸다.

—난 저렇게 까칠한 요원들이 참 좋단 말이야. 나이를 먹어 가니 사람이 점점 변태스러워지는가 보네.

"지금 분위기가 농을 받아들이기엔 좀 버거워 보이는군요."

—자네도 버겁나?

"그럴 리가요. 전 계속 농담 따먹기만 하고 살았으면 좋겠습니다."

—농담도 유머의 하나일세. 사람들이 유머를 잃지 않는다는 건 세상이 그만큼 살기 좋고 평화롭다는 얘기겠지. 우리는 그런 세상을 만들어야 하네.

"그런 세상을 위해서는 그들의 힘이 필요한 것이구요."

케인이 무겁게 고개를 끄덕였다.

—그렇다네.

케인과 마스터 성의 시선이 허공에서 뜨겁게 얽혔다.

그리고 두 사람은 누가 먼저랄 것도 없이 피식 웃음을 흘렸다.

'결정됐군.'

뒤에서 상황을 지켜보던 진이나는 상황이 끝났다는 걸 알았다.

리더 케인은 이미 전율과 손을 잡고 지구방위연합 어스 뱅가드를 발족하기로 마음먹었다.

그가 마음을 정한 이상 누구도 그를 말릴 수는 없었다.

그의 말이 곧 초월고리회의 법이었다.

―협상의 유예 기간이 사흘이라 그랬나?

리더 케인이 물었다.

진이나는 내심 놀라 한 박자 늦게 대답했다.

"네, 그렇습니다."

사령실 어디에도 도청 장치 같은 건 없었다.

리더 케인이 스크린으로 화상 연락을 취한 것은 이런 대화가 오가기 전이다.

'초능력자도 아닌데 대체 무슨 마법을 부리는 건지 모르겠어.'

그런 진이나의 표정을 케인은 읽었다.

그가 웃음기 어린 음성으로 말했다.

―과학의 승리라네, 미스 진.

"리더 케인 앞에서는 생각도 마음대로 못 하겠군요."

―내가 엿듣는 건 사령실 내부에서 오가는 대화뿐이니 사생활은 마음 놓고 즐기게나.

"사생활 침해하면 바로 고소하겠죠."

―후후. 짧은 대화 즐거웠네. 조만간 다시 연락하도록 하지.

메인 스크린에서 케인의 모습이 사라졌다.

*   *   *

외계 종족이 강원도의 이름도 없는 산속에 출몰했다.

그리고 12명의 이능력자가 그들과 싸워 격퇴했다.

여태껏 지구에서 한 번도 일어나지 않았던 전무후무한 대사건이었다.

하지만 세상은 고요했다.

언론에서 한껏 고조되어 있는 기사의 대부분은 며칠간 하늘에 떠 있다 사라진 얼굴의 정체는 무엇인지에 관한 것이었다.

언론뿐만이 아니었다.

없는 가십거리도 만들어 하루에 수백 가지의 찌라시를 뿌려대는 인터넷상에서도 외계 종족의 출몰과 관련된 이야기는 없었다.

외계 종족이라는 단어가 아주 언급되지 않은 건 아니다.

그러나 하나같이 데모니아의 얼굴과 연관시켜, 그게 외계 종족의 농간이 아니었느냐는 짐작을 하기 바빴다.

초월고리회가 언론을 완벽하게 장악했기에 가능한 일이었다.

물론 언론을 막는다고 그 수많은 사람들의 입까지 막을 수는 없었다.

하지만 다행히도 일반 시민 중 그 깊은 숲 속에서 일어난 전투를 정확히 목격한 이는 아무도 없었다.

비앙느와 전율 일행의 모습은 완벽하게 숲에 가려졌다.

숲과 조금 떨어진 지역에 사는 시골 주민들은 그저, 마른하늘에 날벼락이 여러 번 쳤고, 원인 모를 산사태가 인 정도로 알고 있을 뿐이었다.

그 모든 광경을 정확하게 목격한 건 위성밖에 없었다.

하지만 그 위성에 담긴 모든 영상과 기록은 초월고리회가 먼저 가로채 은폐시켰다.

몬스터의 시체는 걱정할 필요가 없었다.

전율이 그곳을 떠나기 전, 시체들을 한데 모은 뒤, 오러 플라즈마로 완전히 녹여 없애 버렸다.

이제 외계 종족과의 전투에 직접 관련된 이들이 입을 열지 않는 한은 이 사건이 세상에 퍼져 나갈 일은 없었다.

한데 바로 그 부분이 문제였다.

전율의 측근 중 두 사람, 이건과 김기혜의 입은 진실을 단속함에 있어서 그 누구보다 취약했기 때문이다. 특히나 그 진실이 자기 자신에게 자랑거리가 된다면 더더욱 말이다.

초월고리회와의 만남 이후, 그들은 모두 차에 타 펜션으로 돌아왔다.

김기혜는 전율과 같은 차에 탔는데, 차안에서부터 펜션에 도착한 지금까지도 그녀의 입은 도무지 쉴 줄을 몰랐다.

이건 역시 마찬가지였다.

두 사람은 지구의 영웅이라도 된 듯 신이 나서 주둥이를 나불거렸다.

"아아~ 누구한테 먼저 자랑하지? 엄마? 아빠? 아니다. 내가 짝사랑했던 그이한테 자랑할까? 그럼 날 멋진 여자라고 생각해서 대뜸 사랑 고백! 바로 임신해서 결혼? 꺄아!"

"엄마! 아빠! 아들이 지구를 지켰다고! 걔들 돌보는 거 싫어서 나가는 거 아니냐고 엄청 욕했었지? 하여튼 얼굴 보고 얘기합시다! 와하하하하!"

"……."

전율을 두 사람을 지켜보다가 유령처럼 스르르 다가갔다.

그리고 귀 한쪽씩을 잡아끌었다.

"꺄아! 아파요!"

"으악! 내 귀! 귀 떨어져!"

전율이 둘을 펜션 뒤편의 으슥한 곳으로 데려갔다. 그가 심각한 얼굴로 둘을 노려보았다. 그러자 두 사람은 어른 앞의 아이마냥 잔뜩 움츠러들었다.

원래는 남의 시선이나 기분 따위 별로 신경 쓰지 않는 그들이지만 전율이 마음먹고 화를 내면 결코 대들 수가 없었다.

"두 사람."

"하, 하잇!"

"왜, 왜!"

김기혜와 이건이 마른침을 꿀꺽 삼켰다.

"우리가 비앙느를 상대한 건 비밀로 해야 합니다."

"그치마안… 이렇게 대단한 일을 해냈는데 어떻게 비밀로 해요오. 만화 속 영웅들이 자기 정체를 숨기고 지구를 지킨다는 건 다 거짓말 같습니닷! 저는 자랑하고 싶어서 입이 근질근질하는걸요!"

"함구해야 합니다."

"치사하시네……."

김기혜가 입을 비죽 내밀었다.

이건이 손을 번쩍 들어 올렸다.

"율 리더!"

"안 돼."

"…아직 아무 말도 안 했는데."

이건은 의견을 내기도 전에 거절당했다.

"두 사람, 내 말 지킬 수 있죠?"

김기혜와 이건, 두 사람 모두 전율과 눈을 맞추지 않고 딴청을 부렸다.

"어쩔 수 없군."

전율은 되도록 말로 해결하고 싶었다.

하지만 이 천둥벌거숭이 같은 인간들은 힘을 써서 강제로 제압하는 게 답이었다.

전율이 최면의 힘을 전개했다.

스피릿에 제압된 둘의 눈이 흐리멍텅해졌다.

"두 사람은 외계 종족과 전쟁을 벌였던 일을 무덤에 들어가기 전까지 절대로 외부인에게 말하면 안 됩니다. 알겠습니까?"

둘은 데칼코마니라도 된 듯 똑같은 모습으로 고개를 끄덕였다.

*　　　*　　　*

작은 소동이 정리되고, 전율은 어스 뱅가드 멤버들을 한자리에 모았다.

"여러분 모두 고생 많았습니다. 우리는 외계 종족의 1차 침공으로부터 일반인의 희생 없이 지구를 지켜냈습니다. 여러분들은 오늘 역사에 남을 만큼 큰일을 해내신 겁니다."

전율의 말을 듣고 있는 멤버들의 가슴이 뜨거워졌다.

아무도 알아주지 않지만 그들은 살아갈 터전을 지켰다.

그로 인해 그들의 가족이 무사했고, 친지와 친구, 지인들이 별일 없는 하루를 살아갈 수 있었다.

"생각해 보니까 진짜 큰일 한 거 맞네."

장도민의 말에 다른 이들이 고개를 주억거렸다.

전율이 멤버들을 천천히 훑고 나서 다시 말을 이었다.

"아울러 초월고리회의 접선으로 인해 앞으로 우리들이 활동할 환경은 더욱 좋아질 겁니다."

"아, 그 초월고리회라는 집단, 믿을 만한 거야?"

이서진이 물었다.

그는 무엇이든 쉽게 믿지 않는 사람이다.

스스로 경험하거나 보지 못한 건 애초에 믿지를 않고, 봤다 하더라도 전부 믿지 않는다.

항상 기저에 의심을 깔고 사는 사람이 그다.

"믿어도 됩니다. 그들 개개인이 어떤 사람들인지는 확실히 모릅니다. 하지만 맡은 바 일은 확실히 해나갑니다. 아울러 그들 역시 전생에서 지구를 위해 싸웠던 이들입니다."

"…알겠어."

전율의 말이라면은 이제 콩으로 메주를 쑨다 해도 믿는 이서진이었다.

"초월고리회가 우리를 위해 뭘 해줄까요?"

루채하의 물음이었다.

전율은 막힘없이 대답했다.

"많은 걸 해줄 겁니다. 가장 기본적인 의식주의 해결부터 그 외에 윤택한 생활에 필요한 모든 것들을 지원해 주겠죠. 우리는 이능력을 성장시키는 데에만 집중하면 됩니다."

"어떻게 장담하죠? 그들과 율 리더 사이에 그런 세세한 부분에 대한 이야기는 오고 가지 않았었는데."

"내가 그렇게 만들 겁니다."

전율은 자신 있게 대답했다.

어스 뱅가드 멤버들은 더 이상 아무 말도 하지 못했다.

전율은 하겠다고 하면 반드시 해내고 마는 사내다.

그러니 어찌 보면 단순무식하다고도 볼 수 있을 저 한마디에 강한 힘이 담겼고, 그만큼의 신뢰가 가는 것이다.

장도민이 크게 박수를 쳤다.

짝짝!

"자자! 이제 그만 떠들고 정리합시다! 그게 좋겠지, 율 리더?"

"그러는 게 좋겠네요. 여러분 모두 오랫동안 집을 비워뒀을 겁니다. 다들 오늘은 해산해서 집으로 돌아가세요. 그리고 사흘 후, 다시 이 펜션에서 모이는 걸로 하겠습니다."

"그런데 율 리더, 우리 계속 펜션에서 모임을 갖기엔 좀 불편하지 않을까요? 정기적으로 모임을 가질 수 있는 지부 같은 게 있음 좋겠는데."

진태군의 의견이었다.

이미 전율은 그 문제에 대해 생각해 놓은 것이 있었다.

"제가 춘천 신복읍에 사놓은 넓은 땅이 있습니다. 본래는 온천 사업을 하려 했지만, 계획을 바꿔 그곳에다 어스 뱅가드 멤버들을 위한 건물을 짓기로 마음먹었습니다."

"이미 계획하고 있었네. 재촉해서 미안해요."

"그럼 언제부터 공사 들어가요? 네? 네? 나 엄청 궁금한데~! 우리 같이 넓은 건물에서 모여 살게 되면 되게 재미있겠다아!"

근래 계속 조증 상태인 견우리가 소리쳤다.

"공사는 이번에 내려가면 바로 착수할 예정입니다. 더 궁금한 게 있으신 분 계십니까?"

어스 뱅가드 멤버들 사이에 침묵이 내려앉았다.

"없으면 이만 마무리하겠습니다. 그럼 다들 내려가시고 사흘 후에 다시 뵙겠습니다."

* * *

집으로 돌아온 전율은 감회가 새로웠다.

'아무도 죽지 않았어. 모두 살렸어.'

점심나절 집에 도착했을 때, 온 가족이 식탁에 둘러앉아 식사를 하고 있는 광경은 전율의 가슴속에서 뜨거운 것이 끓어오르도록 만들었다.

"아들, 지금 오니?"

이유선이 반갑게 말을 건넸다.

"오빠~ 왔어?"

"소율아, 너 학교 안 갔어?"

"휴일까지 학교 가라고? 미쳤어. 주말엔 엄마도 가게 문 닫거든? 근데 요새 뭐가 바빠서 계속 집에 안 들어와? 혹시 여자 생겼어?"

소율이가 눈을 가늘게 뜨고서 짓궂게 물었다.

"그런 소리 하는 거 아니야."

하율이 그런 소율에게 핀잔을 놓았다.

"율이 왔냐? 어서 앉아라. 같이 밥 먹자."

전대국은 평온한 얼굴로 식사를 하며 율에게 자리를 권했다.

얼굴이 밝은 건 작곡이 잘되고 있다는 방증이었다.

전율이 가족들 사이에 앉았다. 이유선이 그런 율의 앞에 수저와 밥, 국을 내놓았다.

"점심때 맞춰 잘 왔네. 우리 율이가 먹을 복은 있나 보다."

"그런가 보네요."

전율은 밥 한 술을 뜨는 둥 마는 둥 하며 하염없이 가족들의 얼굴을 살폈다.

전생에서는 1차 외계 침공 이후 그의 가족이 풍비박산 났었다.

이렇게 좋은 집에서 따뜻한 밥 맛있는 반찬을 나눠 먹으며 함께할 수 없었다.

'해냈어.'

이제야 조금 실감되었다.

이것은 그가 한 번 더 겪게 된 현실이고, 미래를 확실히 바꿔놓았다는 것이 말이다.

어스 뱅가드 멤버들에게 여러분이 큰일을 해냈다 말해놓고서 정작 자신은 큰 감회가 없었던 게 사실이다.

너무나 쉬웠기 때문이다.

전쟁이 끝난 다음엔 이게 정말 현실인 건지, 아니면 자신이 꿈을 꾸고 있는 건지 판단이 안 될 만큼 정신이 몽롱했다.

한데 지금 가족들을 만나니 확연히 알 수 있었다.

전율은 이 따뜻함을 지켰다.

모든 것은 살아 숨 쉬는 현실이었고 손을 뻗으면 잡을 수 있는 진짜였다.

고마웠다.

지금 느낄 수 있는 이 모든 것이 있는 그 자체로 너무나도 고마웠다.

하지만 끝난 게 아니었다.

'이제 시작이야.'

이제 겨우 1차 침공을 막았을 뿐이다.

외계 종족은 앞으로도 계속 쳐들어올 테고, 지금처럼 막아

내려면 더욱 성장해야 한다.

　전율은 무사히 지켜낸 모든 것을 잃지 않을 것이라 다짐하고 또 다짐했다.

Chapter 58.
사흘간의 휴식

전율에게 사흘이라는 휴식 기간이 생겼다.

그동안 전율은 마스터 콜에 접속하는 것 말고는 온전히 가족과 함께 시간을 보내며 쉬기로 했다.

하루에 접속할 수 있는 마스터 콜의 제한 횟수는 다섯 번이다.

한데 전율의 수준에서 마스터 콜에 접속해 성장의 수확을 거두려면 타 행성의 외계 종족과 싸우는 전장에서 오버 퀘스트를 진행해야 한다.

이 경우 던전이나 필드에서 싸우는 것과 달리 전투에 소비

한 시간이 현실에서도 똑같이 흘러간다.

행성은 가상의 공간이 아니기 때문이다.

만약 그것으로 오랜 시간을 허비하게 된다면 마스터 콜에 접속하지 않고 가족들과 보낼지도 모를 일이었다.

그러나 전율에게는 이제 마지막 지하 1층에서 싸워야 하는 이들도 어려운 상대가 아니었다.

마음만 먹으면 한 시간 안에 정리할 수 있는 수준이었다.

펜션에서 돌아온 첫째 날.

가족들과 점심을 먹은 전율은 다 같이 영화를 보러 가자는 소율의 의견에 적극 찬성했다.

이유선과 전대국, 그리고 하율도 간만에 가족끼리 영화를 관람한다는 게 싫지 않은 눈치였다.

전율은 가족들과 함께 자신의 차를 몰아 영화관으로 향했다.

차에 탄 소율은 연신 내부를 둘러보며 감탄을 내뱉었다.

"진짜 짱이다, 오빠. 우리 오빠가 이런 차를 뽑게 될 줄은 상상도 못 했어."

"아버지한테 드린 게 더 좋은 차야."

전율이 피식 웃으며 말했다. 그러자 소율이 입을 비죽 내밀었다.

"그러면 뭐해? 시승식은커녕 신줏단지처럼 모셔놓고 세차만 죽어라 하는데."

전율이 조수석에 탄 전대국을 힐긋거렸다.

"아버지, 아직 운전대 안 잡아보셨어요?"

"기스 날까 봐 몰 수가 있어야지."

"아버지 운전 실력에 무슨 기스를 걱정하세요."

"운전 실력은 운전 실력이고 비싼 차는 비싼 차잖냐. 아침에 눈떴을 때, 내 차 보고도 놀라지 않게 되면 그때나 몰련다."

"아빠! 차 그렇게 사용할 거면 나 줘!"

"면허도 없는 게 까분다."

전율은 고급 승용차 앞에서 바들바들 떠는 전대국의 모습에 맘이 짠했다.

전율이 어렸던 시절, 전대국의 사업이 잘될 때는 고급 차를 몰고 떵떵거리며 살던 때도 있었다.

'다시 그때처럼, 아니, 그때보다 더 기 펴고 살 수 있게 해드릴게요, 아버지.'

전율은 저릿한 가슴을 애써 감추고 천천히 차를 몰았다.

＊   ＊   ＊

멀티플렉스 영화관 지하 주차창 한편에 전율의 고급 세단이 주차를 했다.

차에서 내린 전율의 가족은 엘리베이터 쪽으로 걸어갔다.

그때 마침 주차장으로 들어선 중형차 한 대가 전율 가족의 뒤에서 다가왔다.

한데 주차장임에도 속도를 줄이지 않고 도로 위를 질주하듯 빠르게 달리는 게 아닌가?

차를 모는 건 20대 초반의 사내 박건호였다.

조수석엔 박건호와 동갑내기인 주치민이 타고 있었다.

뒷좌석에는 두 사람보다 나이가 조금 더 있어 보이는 사내 한 명이 타고 있었다.

"병신아, 앞에 사람!"

주치민이 앞을 가리키며 말했다.

"저런 병신들은 그냥 밟으면 다 비켜."

"아~ 그럼 밟어."

박건호와 주치민 사이에 사람에 대한 존엄성 같은 건 완전히 배제된 대화가 오갔다.

그 이야기를 뒷좌석에서 듣고 있던 사내도 그냥 피식 웃어 넘길 뿐이었다.

"자~ 비켜라. 안 비키면 인생 좆된다."

박건호가 액셀을 더 세게 밟았다.

그에 본능적으로 위험을 느낀 전율이 재빨리 가족들에게 소리쳤다.

"옆으로 비키세요!"

마침 가족들도 뒤쪽에서 들려오는 시끄러운 소리에 신경이 쓰이던 차라 반사적으로 옆으로 몸을 피했다.

하지만 전율은 피하지 않고 몸을 빙글 돌려 중형차와 마주 섰다.

"저, 저 미친놈 뭐야!"

주치민이 놀라 소리쳤다.

박건호가 덩달아 놀라서 급브레이크를 밟았다.

끼이이이이익!

"율아!"

이유선이 졸도하듯 기함을 질렀다.

전대국은 저도 모르게 앞으로 튀어 나가고 있었다.

그런 전대국의 옷깃을 소율이 얼른 잡아끌었다.

털썩.

발이 꼬인 전대국은 그대로 엉덩방아를 찧었다.

동시에 차는 전율의 코앞에서 겨우 멈춰 섰다.

바닥에 진한 스키드 마크가 찍히며 하얀 연기가 피어올랐다.

"하아. 하아."

핸들에 고개를 처박은 박건호가 겨우 고개를 들어 올렸다.

그의 시야에 꼿꼿이 서서 자신을 노려보고 있는 전율의 모습이 들어왔다.

"어휴, 씨발… 저 미친 새끼가!"

박건호가 과격하게 문을 열고 차에서 내렸다.

"너 뭐야 이 새끼야!"

당장 전율의 멱을 잡아 올린 박건호는 위협하듯 주먹을 들어 올렸다.

전율이 그런 박건호를 가만히 바라보다 짧게 한마디 했다.

"안 놓으면 부러뜨린다."

"아니, 근데 이 병신 같은 게!"

"그 손 놔!"

박건호의 주먹이 휘둘러지려는 순간 소율이가 빽! 고함을 질렀다.

"너희들 이게 뭐하는 짓이야!"

전대국도 벌떡 일어나 앞으로 나섰다.

하율이는 스마트폰을 꺼내 112를 누르려는 중이었다.

이유선은 두 딸의 앞을 가로막고 섰다.

그 광경을 본 박건호가 너털웃음을 흘렸다.

"진짜 거지 같네, 오늘! 어이! 다 뒤지고 싶어요? 어!"

그때였다.

턱!

"컥!"

전율의 손이 박건호의 목을 그러쥐었다.

"이, 이 새끼! 이거 안 놔?"

박건호가 전율의 손을 풀려고 했지만 소용없는 일이었다. 그럴수록 목의 압박은 더욱 심해졌다.

"크억!"

전율이 그 상태 그대로 박건호를 노려봤다.

순간 박건호는 사나운 맹수가 자신의 앞에 있는 듯한 느낌을 받았다.

"어머니, 아버지, 저 믿으시죠?"

"율아! 뭐 하려고 그러냐."

전대국이 물었다.

"누나랑 소율이 데리고 먼저 올라가 계세요. 여기는 제가 정리하고 갈게요."

"율아. 너 혼자서 뭘……."

그때 이유선이 전대국의 팔을 슥 잡고 끌었다.

"가요, 여보."

"당신……?"

"난 율이 믿어요. 율이 말이라면 파리가 새라고 해도 믿어요. 여태껏 그래왔던 것처럼 다 잘 정리할 거예요. 그러니까 믿고 가요."

전대국이 입술을 꽉 깨물고서 상황을 살폈다.

그가 보기에도 자기 아들이 큰 변고를 당할 것 같지는 않았다. 그런 믿음이 강하게 들었다.

소율과 하율도 이유선의 말에 동의하는 것 같았다.

전대국은 이성적으로 지금 율의 말을 듣기보다 남아서 같이 싸우는 게 맞다고 생각했다.

하지만.

"어서 올라가 계세요."

전율의 음성이 다시 한 번 들려오자 저도 모르게 가족들을 이끌고 엘리베이터가 있는 곳으로 향하기 시작했다.

전율이 가족들 모르게 최면의 힘을 이용한 것이다.

가족들이 시야에서 사라지고 난 뒤, 전율이 행동을 시작했다.

두득.

"악!"

자신의 멱을 잡고 있던 박건호의 손목을 부러뜨렸다.

"경고했지? 부러뜨린다고?"

"이, 이런 미, 미친……!"

퍽!

"우읍!"

박건호의 입에 주먹이 날아들었다.

"끄어어."

녀석의 입에서 피범벅이 된 치아가 튀어나왔다.

"저 개새끼가!"

안에서 시시덕거리며 상황을 지켜보던 주치민은 일이 이상하게 돌아가자 다급히 내렸다.

"뒤질려고!"

주치민이 전율에게 주먹을 휘둘렀다.

그러나.

뻑!

"억!"

명치를 얻어맞고 나가떨어진 건 주치민이었다.

"크헉! 헉!"

주치민은 숨이 쉬어지지 않아 바닥을 구르며 컥컥댔다.

전율이 박건호의 머리채를 휘어잡아 자동차 보닛에다 내려찍었다.

콰앙!

"아악!"

보닛이 찌그러지며 박건호의 코가 부러졌다.

전율은 그런 박건호를 옆으로 던졌다.

퍽!

"끅!"

"크흑!"

박건호와 주치민이 부딪히며 동시에 신음을 흘렸다.

상황이 이쯤 되자 뒷좌석에 앉아있던 사내가 움직였다.

철컥.

자동차의 뒷문이 열리며 앞선 두 사람보다 머리 하나는 더 큰 건장한 체격의 사내가 내렸다.

그가 인상부터 확 구기며 전율을 노려봤다.

"너 뭐 하는 놈……."

사내는 초장부터 전율을 압박하려고 목소리부터 확 깔았다. 하지만 그게 다 소용없게 되었다. 전율의 얼굴을 확인하는 순간 그는 석상처럼 굳어버렸다.

전율도 그의 얼굴을 확인하고서 입꼬리를 말아 올렸다.

"나진범."

전율의 입에서 그의 이름이 흘러나왔다.

나진범.

그는 예전 용식 일파를 습격했던 전갈파의 우두머리였다.

하나, 전율이 복수를 하러 와 전갈파는 초전박살이 나버렸다. 나진범은 전치 12주의 중상을 입었다. 몸이 망가진 건 차라리 괜찮았다. 워낙 튼튼한 체질이라 병원에서 내린 진단보다 빨리 나았다. 하나 진짜 문제는 정신에 있었다.

이후, 나진범은 전율을 떠올리기만 해도 바들바들 떨고는 했다.

두 번 다시 전율과 마주치는 일이 없기를 바라면서 여건이 되는 즉시 춘천 바닥을 뜨자고 마음먹었다.

그런데 오늘 여기서 전율과 마주치게 될 줄이야!

'씨바알……'

항상 그놈의 여자가 문제였다.

어제 술자리에서 꼬셨던 계집애 하나가 영화를 보고 싶다고 했다. 여자라면 사족을 못 쓰는 나진범이 이를 거절할 리없었다.

어제 술자리에서는 안타깝게도 그 계집애를 침대까지 끌어들이지 못했다. 나진범은 오늘 승부를 볼 셈이었다.

그래서 가오 좀 더 실리려고 얼굴 반반한 동생 두 명 데리고서 여자를 만나러 영화관에 들른 참이었다.

한데 지하 주차장에서 전율과 맞닥뜨릴 줄은 꿈에도 몰랐다.

"오래간만이다, 개새끼야."

전율이 나진범에게 다가왔다.

바닥에 널브러진 박건호와 주치민은 나진범이 어떻게든 전율을 상대해 주리라 믿었다.

그들에게 나진범은 거의 신이나 다름없었기 때문이다.

하지만 그들의 믿음은 얇은 유리 조각처럼 산산이 깨져 나갔다.

"저, 저… 저기……."

전율이 나진범의 앞에 마주 서서 나직이 말했다.

"꿇어, 씨발놈아."

나진범이 실 끊어진 인형처럼 풀썩 쓰러져 무릎을 꿇었다.

다른 사람의 한마디에 자존심이고 뭐고 다 버려 버린 나진범의 모습은 박건호와 주치민에게 충격 그 자체였다.

두 사람은 전갈파 소속이 아니라 그냥 나진범이 아는 질 나쁜 동생들이었다.

때문에 전율이 누군지도, 그가 전갈파를 어떻게 밟아놨는지도 알지 못한다.

하지만 전갈파 사람들은 그날은 똑똑히 기억한다.

두 번 다시, 꿈에서라도 보기 싫은 그 악몽 같은 광경을 말이다.

나진범이 차마 전율을 바라보지도 못한 채, 시선을 내리깔고 바들바들 떨었다.

"너 이 개새끼야, 다시 한 번 이딴 식으로 얽히면 어떻게 한다 그랬어?"

"……."

나진범이 대답 못 하자, 전율이 그의 뺨을 후렸다.

찰싹!

"윽!"

"어떻게 한다 그랬어?"

"죄, 죄송합니다."

찰싹!

"너 진짜 죽고 싶냐? 왜 알짱거려? 그때 좀 덜 혼났어?"

"죄송합니다. 정말 죄송합니다."

"대가리 박아."

나진범은 전율의 말에 반항할 생각조차 못 하고 바로 머리를 땅에 박았다.

박건호와 주치민은 비로소 상황이 어떻게 돌아가는 건지 이해했다.

그들은 건드려선 안 될 인간을 건드렸다.

"니들도 와서 박아."

박건호와 주치민이 바로 전율의 말을 따랐다.

조금이라도 머뭇거리거나 반항했다간 어떻게 될지 상상도 하기 싫었다.

"10분. 10분 동안 그 자세로 가만히 있는다. 차가 와도 피하지 말고, 사람이 지나가도 모른 체하고. 시작."

말을 하고 나서 전율은 인기척 없이 사라졌다.

보통은 이런 지하 주차장에선 아무리 조용히 움직인다 해도 발소리가 나게 마련이다.

그러나 전율은 그야말로 유령처럼 홀연히 모습을 감췄다.

때문에 전율이 아직도 앞에 서 있다고 생각한 나진범 일행은 계속해서 머리를 박고 있을 수밖에 없었다.

지하 주차장에서 성인 남자 셋이 나란히 머리를 박고 서 있는 광경을 지나가는 사람들이 보며 수근거렸다.

빵빵!

"거 앞에서 뭐 하는 거예요!"

지하 주차장으로 들어서던 자동차들이 줄지어 멈춰 서서 클랙슨을 울려댔다.

하지만 나진범 일행은 꼼짝도 할 수 없었다.

10분이 아직 지나지 않았다.

나진범은 계집이고 뭐고 10분이 지나면 당장 춘천을 떠나리라 마음먹었다.

이렇게 얼굴 다 팔린 곳에서 더는 머물기가 싫었다.

*　　　　*　　　　*

약간의 소동이 있고 난 후, 전율의 가족은 영화를 보고 아무 문제 없이 남은 휴일을 즐겼다.

구봉산의 유명한 카페에 가서 갖가지 빵과 타르트, 조각 케이크에 맛있는 음료수와 커피를 즐겼고, 저녁에는 싸고 맛있기로 이름난 한식집에서 한정식을 먹었다.

집에 돌아왔을 때는 저녁 여덟 시가 조금 넘어 있었다.

가족이 모두 모여 이런 시간을 보낸 건 오래간만인지라 모두의 얼굴엔 행복이 가득 차 있었다.

신나게 스트레스를 해소한 전대국은 악상이 떠오른다며 작업실로 떠났다.

이유선은 평일에 놓친 드라마들을 다시보기로 몰아서 시청하겠다며 방으로 들어갔다.

결국 삼남매만 덩그러니 남게 되었다.

셋이서 뭘 할까 고민하던 와중 소율이 번쩍 손을 들었다.

"치킨 먹자!"

"조금 전에 밥 먹어놓고 또?"

하율이 기겁을 했다.

"나 자라나는 고2야! 먹고 돌아서면 또 배고프다고. 언니도 술 한잔하고 싶잖아?"

"언니는 별로……."

"오케이! 치킨에 생맥! 주문한다!"

소율은 막무가내로 치킨집에 전화를 걸었다.

그날은 결국 치킨을 먹으면서 마무리하게 되었다.

호시탐탐 맥주를 노리는 소율을 무던히 막아야 하는 수고로움만 빼면 세 남매에겐 제법 만족스러운 자리였다.

*   *   *

시간은 빠르게 흘러 약속한 사흘째 아침이 밝았다.

그동안 전율은 낮 동안 가족과 시간을 보내고 잠자리에 들기 전에는 마스터 콜에 접속했다.

평일에는 집에 사람이 거의 없었다.

전대국은 작업실에 틀어박혀 두문불출이었고 이유선은 식당으로 나갔다.

소율이는 등교를 했다.

남은 건 하율과 전율뿐이었는데, 하율마저도 요새 무슨 일이 있는 건지 계속해서 밖으로 나가곤 했다.

결국 전율이 가족과 함께 보내는 방법은 식당에서 이유선의 일을 도와주는 것밖에 없었다.

그것도 나쁘지는 않았다.

전율은 가족과 함께 하는 건 무엇이든 좋았다.

하지만 이유선은 그렇지만도 않은 모양이었다.

한창 오픈 준비를 위해 매장을 청소하고 있던 전율에게 이유선이 다가와 말했다.

"엄마 일은 알아서 해결할 테니까 나가서 친구들 좀 만나고 그래."

"괜찮아요."

"내가 불편해. 한창 좋을 때에 뭐하는 거야. 엄마 가게 이어받을 것도 아니면서. 어서 나가 놀아."

"정말 괜찮아요, 어머니."

"자꾸 버티면 오늘 확 문 닫아버린다?"

이유선이 엄포를 놓았다.

하지만 그게 그냥 하는 말은 아니었다.

이유선은 한다면 하는 여인이었다. 전율의 뚝심 있는 성격
도 가만 보면 이유선을 많이 닮았다.

결국 전율이 두 손을 들고 식당을 나왔다.

※   ※   ※

막상 거리에 나오니 뭘 해야 할지 막막했다.

딱히 갈 곳도 없어서 애매하게 거리만 방황하는데 마침 배
가 고파왔다.

시계를 보니 열한 시 반이었다.

식당 오픈 준비만 돕고 나온 터라 점심을 먹지 못했으니 허
기가 질 만도 했다.

전율은 애막골에서 갈 만한 식당을 찾다가 포기하고 명동
으로 이동했다. 애막골의 식당들은 대부분 술장사를 하는 곳
인지라 마땅히 식사를 할 만한 곳이 없었다.

명동에서 전율이 찾은 곳은 신장개업한 지 얼마 되지도 않
았는데 입소문을 타고 대박이 난 라멘집이었다.

"이랏샤이마세!"

전율이 들어서자 전 직원이 우렁찬 인사를 건넸다. 그러거나 말거나 당황하지도 않고 아무 곳에 앉으려던 전율은 무언가를 보고 그대로 굳어버렸다.

2인용 테이블에 마주 앉아 행복한 얼굴로 라멘을 먹고 있는 두 사람의 낯익은 얼굴이 전율의 시선을 사로잡았다.

전율은 저도 모르게 멍하니 서서 두 사람을 하염없이 바라봤다.

둘은 그런 줄도 모르고 즐겁게 대화를 주고받으며 젓가락질을 했다.

"여기 맛있죠, 하율 씨?"

"네, 맛있어요."

"하하하! 제가 춘천 맛집은 꽉 잡고 있습니다! 아, 물론 그래도 가장 맛있는 건 우리 장모님 식당입니다!"

"네? 자, 장모님이요?"

"아이고! 제가 너무 앞서갔네요? 저도 모르게 그만."

"노, 놀랐어요, 용식 씨."

"갑자기 제가 부담스러워진 거 아니죠?"

"아니에요, 그런 거."

"어제는 말입니다, 하율 씨를 하루 보지 못했다고 어찌나 보고 싶던지요!"

"아이참……."

"라면 식겠습니다. 어서 드세요."

"네."

작은 라멘집 안에서 알콩달콩 사랑놀음을 하고 있는 이들은 바로 하율과 용식이었다.

전율의 눈이 뒤집혔다.

그가 성난 걸음으로 두 사람의 테이블에 다가갔다.

"응? 뭐야?"

용식은 하율과의 오붓한 자리를 누가 방해하려는가 싶어 눈을 치떴다가 소스라치게 놀랐다.

"유, 율아!"

"어머!"

놀란 건 하율도 마찬가지였다.

두 사람은 죄를 짓다 들키기라도 한 것처럼 어쩔 줄을 몰라 했다.

"용식 형님."

"어, 그, 그래."

"어떻게 된 겁니까?"

"그게 말이다, 율아. 그⋯⋯."

용식은 무슨 변명거리가 좋을지 생각하다가 눈을 질끈 감고 사실대로 얘기했다.

"그래! 우리 교제하기로 했다!"

용식이 평생 남은 용기를 다 쥐어짜내 소리쳤다.

"교제?"

전율이 당장 테이블이라도 뒤엎을 듯 무시무시한 살기를 풍겼다. 그러자 하율이 벌떡 일어서서 둘 사이에 끼어들어 전율을 말렸다.

"유, 율아! 진정해. 누나가 다 설명할게."

"누나. 대체 왜 용식 형님이랑……?"

"그렇게 됐어… 그리고 용식 씨는 잘못 없어. 내가 먼저 사귀자고 그런 거니까."

콰르릉!

전율의 머릿속에서 천둥이 쳤다.

하율 누나가 왜? 뭐가 부족해서? 얌전한 고양이 부뚜막에 먼저 올라간다더니, 지금이 딱 그 짝인 것 같았다.

"누나, 난 도저히 믿기지가 않아."

"그럴 거야. 나도 안 믿겨. 내가 누군가한테 교제 같은 걸 신청할 줄은 몰랐으니까. 근데… 어떡해. 오다가다 얼굴 마주칠 때마다 점점 더 좋아지는 걸."

"어, 언제… 얼굴을 마주쳤다고?"

"실은 요 근래 용식 씨 덕분에 일거리가 많아졌었어. 내가 출판사에 가서 받아 온 일들… 전부 용식 씨가 다리 놓아줬던 거야."

그러고 보니 언젠가 용식이 넌지시 그런 말을 했었다. 자신이 아는 출판사가 있으니 언제든 하율에게 일감을 가져다줄 수 있다고 말이다.

한데 그 말을 이렇게도 빨리 실천시킬 줄이야.

그것도 전율이 모르게 은밀히!

"그렇게 하루 이틀 보다 보니까… 첨에는 무서웠는데 나중에는 그냥… 나랑 엄마한테 잘하는 모습이 좋았어."

"엄마… 한테는 언제 잘했는데?"

"용식 씨, 일주일에 서너 번은 동생분들 데리고 꼭 우리 가게에 와서 매상 올려줘. 그것뿐만이 아니라 시간 날 때는 일도 도와주고."

의외였다.

용식이 하율을 좋아한다는 건 알고 있었지만 설마 이렇게까지 정성을 다할 줄은 몰랐다.

"율아."

용식이 라멘집 바닥에 갑자기 무릎을 꿇었다.

그러자 모든 이의 시선이 용식에게 집중되었다. 하지만 용식은 전혀 부끄러워하지 않고 말했다.

"율아, 나 하율 씨 정말로 좋아한다. 아니, 사랑해! 이건 사나이의 진심이다! 물론 내가 하율 씨랑 결혼하란 법은 없겠지만, 교제하는 동안은 최선을 다해 잘해주고 싶다. 그리고 혹시, 정

말로 혹시나! 하율 씨의 마음이 허락하고 네가 허락하고 부모님
께서 허락해 주신다면 나, 하율 씨랑 결혼하고 싶다. 그 정도로
깊이 생각하면서 교제하는 거니까, 인정해 주면 안 되겠냐?"

전율은 말없이 한참 동안 용식을 내려다봤다.

하율은 잔뜩 긴장해서 두 사람을 번갈아 보았다.

"후-우."

전율의 입에서 긴 한숨이 흘러나왔다.

꿀꺽!

용식이 마른침을 삼켰다.

꽉 쥐고 있는 두 손에 땀이 흥건했다.

"용식 형님, 방금 한 말 지킬 수 있습니까?"

"…어?"

"우리 누나 눈에서 눈물 나게 하면 저 가만 안 있습니다."

"율아……."

"누나. 누나도 어른이니까 가타부타 더 말 안 할게. 잘 사귀
고, 예쁘게 만나고… 아무튼 행복하게 연애했으면 좋겠어."

하율이 대답도 못 하고서 그저 고개만 끄덕였다.

"고맙다. 고맙다, 율아."

용식은 그 큰 덩치와 무서운 얼굴에 어울리지 않게 눈물을
펑펑 쏟았다.

지금 이 상황이 감동적이기도 했지만, 그보다 더 그의 눈물

샘을 자극한 건, 죽을 뻔했는데 살았다는 안도감 때문이었다.

그만큼 용식은 전율이 무서웠다.

"후우."

전율이 연거푸 한숨을 내쉬었다.

순식간에 허기가 싹 사라졌다.

전율은 떨어지지 않는 발을 억지로 옮겨 라멘집을 나섰다.

*   *   *

정신적으로 너무나 커다란 대미지를 입은 전율이었다. 목적
지도 없이 발길이 닿는 대로 마냥 걸었다.

이 현실을 받아들이기가 어려웠다.

하지만 전율도 어린 나이는 아니었다.

결국 그는 있는 사실을 받아들이기로 했다.

'어쩔 수 없지. 그래도 전생에 비하면 지금이 훨씬 낫다.'

전생에선 이맘때쯤 이미 하율이는 미쳐 있었다.

하지만 지금은 멀쩡한 정신으로 다른 사람처럼 연애까지 하
고 있다. 그럼 축하해야 할 일 일이지, 심란해할 일이 아니었다.

'인정하자.'

무엇이든 맺고 끊는 것이 빠르고 확실한 전율이었다.

복잡하던 마음을 그는 단 한순간에 탁 털어내 버렸다.

비로소 정신을 차리고 주변을 둘러보았다.

조금 전까지 명동이었는데 그새 팔호광장 근처까지 걸어와 있었다.

"이제 어디로 갈까."

딱히 갈 곳이 없었다.

시간은 한 시가 조금 넘어 있었다.

오늘은 펜션에서 어스 뱅가드 멤버들과 다시 모이기로 한 날이다.

펜션의 입실 시간은 오후 두 시부터였다.

어차피 갈 곳도 없으니 슬슬 펜션으로 복귀하는 게 좋을 듯했다.

전율은 집으로 돌아와 간단하게 짐을 챙긴 뒤, 차를 끌고 펜션으로 출발했다.

*   *   *

두 시가 조금 넘어서 전율은 펜션에 도착할 수 있었다.

주차장에 차를 대고 안으로 들어가니, 아직 도착한 멤버는 아무도 없었다.

멤버들이 올 때까지 마나 사이펀이나 할까 싶어, 방으로 들어가 가부좌를 틀고 앉았다.

천천히 눈을 감고 마나 사이펀을 시작하려는데, 마침 스마트폰의 벨이 울렸다.

액정을 보니 모르는 번호가 찍혀 있었다.

전율은 별생각 없이 전화를 받았다. 그러자 폰 너머에서 생소한 음성이 들려왔다.

―전율 군의 스마트폰이 맞습니까?

"그런데요. 누구십니까?"

―반갑습니다. 저는 초월고리회 한국 지부의 장 자리를 맡고 있는 마스터 성이라고 합니다.

전화를 건 이는 마스터 성이었다.

―진이나 요원에게 어스 뱅가드의 리더이신 전율 군과 나눈 거래 내용에 대해 잘 전해 들었습니다.

전율은 자신의 번호를 어떻게 알아냈는지에 대해서 묻지 않았다.

초월고리회의 힘이라면 개인 정보를 파내는 건, 손바닥 뒤집는 것처럼 쉬운 일이었다.

다만, 자신의 허락도 없이 이런 짓을 했다는 게 마음에 안 들었다.

"마스터 성이라고 했습니까?"

―들려오는 음성에 불쾌함이 섞여 있군요. 우리가 무슨 결례를… 아, 개인 정보를 허락도 없이 열람해서 그런 걸까요?

마스터 성은 역시 똑똑한 사람이었다.

전율이 무엇 때문에 화가 났는지, 그 포인트를 정확히 짚어 냈다. 아울러 빠른 사과도 잊지 않았다.

─만약 그렇다면 죄송합니다. 우리 입장에서는 이렇게 연락을 취할 수밖에 없었습니다. 물론 서로 얼굴을 맞대고 거래에 대해 이야기하는 게 좋겠지만, 성사되지 않았을 경우 문제가 생깁니다. 우리의 모습은 되도록 타인에게 노출되어서는 안 되거든요.

"이해하겠습니다."

저쪽에서 먼저 저자세로 나오니 전율도 계속해서 화를 낼 수는 없었다.

─자, 그럼 거래에 대해서 이야기해 보도록 할까요?

"그리도록 하죠. 어떻게 하시겠습니까? 저와 손을 잡으시겠습니까?"

─초월고리회의 가장 높은 자리에 앉아 있는 리더 케인도 이 안건을 들었고, 자체 회의를 통해 대답을 전해왔습니다. 그 대답을 그대로 다시 전해 드리겠습니다. 어스 뱅가드와 손을 잡고 그들의 제안을 받아들일 것인가에 대해 리더 케인은 이렇게 대답했습니다. 'of course'.

Chapter 59.
새로운 둥지

오후 네 시 무렵이 다 되어갈 때쯤, 모든 멤버가 펜션에 도착했다.

멤버들은 넓은 거실에 동그랗게 모여 앉았다.

전율은 홀로 일어서서 멤버들에게 공지했다.

"초월고리회에서 오늘 연락이 왔습니다. 연락을 취한 이는 초월고리회 한국 지부의 장, 마스터 성이라는 사람이었습니다."

"성씨인가 보네?"

장도민이 의미 없이 중얼거렸다.

"결론부터 말하자면 초월고리회는 우리의 제안을 받아들이기로 했습니다. 이제부터 초월고리회는 어스 뱅가드란 이름의 지구방위연합으로 거듭날 준비에 들어갈 것입니다. 그리고 우리들은 어스 뱅가드 소속의 요원들이 되어 범세계적인 비밀 집단의 지원을 받게 됩니다."

"꺄후! 어쩐지 엄청 멋지네요? 파워레인저가 된 것 같아요!"

김기혜가 팔짝팔짝 뛰며 좋아했다.

그때 이서진이 손을 들고 물었다.

"근데 우리한테 정확히 어떤 지원을 해준다는 거야?"

그에 대해서도 전율은 마스터 성에게 확실한 대답을 들어 놓은 터였다.

"안 그래도 여러분이 정식 출범하는 어스 뱅가드의 요원이 된 이후부터 받게 되는 지원 혜택에 대해 말씀드리려던 참이었습니다. 첫째, 여러분은 어스 뱅가드로부터 매달 천만 원씩의 지원금을 받게 됩니다."

"처, 천만 원이라고?!"

장철수가 놀라서 펄쩍 뛰었다.

"그렇습니다. 둘째, 어스 뱅가드에서 연구 개발한 전투 관련 용품들을 전부 지원받게 됩니다. 셋째, 병에 걸렸을 시 의료 혜택을 무상 지원받을 수 있습니다. 넷째, 어스 뱅가드의 임무를 수행하다 피치 못하게 범법을 저질렀을 경우, 설사 그것이

살인이라 할지라도 전부 덮어줍니다."

"살인까지… 덮어준다고?"

진태군이 놀라 눈을 크게 떴다.

"그렇습니다."

"하지만 그렇게 되면… 그걸 악용하는 경우도 생기는 것 아니야? 말하자면 어떠한 범법 행위라도 아무런 문제가 생기지 않도록 넘어가게 해준다는 거잖아."

"그래서 어스 뱅가드의 임무를 수행하다 피치 못하게 범법 행위를 저지르게 될 경우라는 조건이 붙는 겁니다."

"그런 식으로 꾸며서 일을 처리하려 한다면?"

전율이 손가락으로 천장을 가리켰다.

"저 위에 작은 초파리 한 마리 보이십니까?"

"초파리?"

멤버들의 시선이 일제히 천장으로 향했다.

하지만 쉽사리 초파리를 발견하지 못하고 눈동자만 이리저리 움직이며 어지러웠다.

그때, 김기혜가 벌떡 일어서서 한 지점을 정확히 가리키며 소리쳤다.

"저기 있다! 초파리!"

그제야 멤버들은 초파리의 존재를 확인할 수 있었다.

"저게 뭐 어쨌다고? 잡으라고?"

장철수가 고개를 갸웃거렸다.

"아니요, 저건 그냥 일반적인 초파리가 아닙니다. 초월고리회의 과학으로 만들어낸 감시 카메라 '플라이'입니다."

"저게 감시 카메라라고?"

"그렇습니다. 초월고리회는 플라이를 통해 우리의 모든 행동들을 감시하죠. 물론 사생활을 침해하지는 않습니다."

"와… 진짜 대단하네요. 저런 걸 만들어낼 정도의 기술이라니."

루채하가 혀를 내둘렀다.

유지광이 턱을 만지작거리며 고개를 주억거렸다.

"그러니까 저 감시 카메라가 24시간 붙어 다니기 때문에 피치 못하는 상황인 척 꾸며서 범죄를 저지를 순 없다?"

"그렇습니다. 물론 작정하고 마음을 먹으면 또 어떻게 될지 모릅니다. 하지만 전 여러분이 그렇게 행동하지 않을 것이라고 믿습니다. 그렇게 해서도 안 됩니다. 이건 부탁이자 명령입니다."

명령이라는 단어를 듣게 된 멤버들은 전부 절대 의도적 범죄를 저질러선 안 되겠다고 마음먹었다.

그것은 최면의 효과였다.

전율은 애초에 이들에게 자신의 명령을 절대적으로 받들게끔 최면을 걸어놓은 상태였으니 말이다.

어쨌든 초월고리회의 조건은 파격적이었다.

외롭게 외계 종족과 싸워야 했던 12인의 사람에게 든든한 조력자가 생겼다.

이제 그 조력자들을 만나러 가야 할 시간이었다.

"초월고리회에서 차를 보낸다고 했습니다. 아마 곧 도착할 겁니다."

전율의 말이 끝나고 얼마 지나지 않아.

빵빵―!

밖에서 클랙슨이 울렸다.

*   *   *

펜션 밖에서 12인의 멤버를 기다리는 건 고급 리무진 버스였다.

그리고 버스 앞문엔 진이나가 말끔한 정장 차림으로 서서 멤버들을 기다리고 있었다.

그녀가 멤버들에게 고개 숙여 인사를 건넸다.

"기다렸습니다. 편하게 모시겠습니다."

"와~ 이렇게 입으니까 그때랑은 분위기가 또 다르네?"

장도민이 실실 웃으며 진이나에게 농을 건넸다. 진이나는 대답 대신 옅은 미소를 지어 보였다. 하지만 장도민은 진이나에게서 쉽사리 떨어지지 않았다.

"나이가 어떻게 돼요?"

"스물일곱입니다."

진이나가 지극히 사무적인 어조로 대답했다.

장도민이 그런 진이나에게 대뜸 악수를 청하며 소리쳤다.

"친구야!"

"네?"

"나도 스물일곱인데, 동갑이니까 앞으로 말 편하게 하는 게 어때요?"

"업무상 만난 관계인지라 그럴 수는 없습니다."

"업무상이라고 해도 이제 곧 동료 될 거잖아요?"

"초면에 말을 놓는 경우는 이제껏 한 번도 없었습니다."

"되게 깐깐하네. 알았어요."

끈질기게 진이나를 붙잡고 늘어질 것 같던 장도민이 의외로 쉽게 포기하고서 버스에 올라탔다.

그 뒤를 따라 다른 멤버들도 모두 탑승했다.

버스를 운전하는 건 초월고리회의 또 다른 멤버 '한상혁'이 었다.

그는 진이나보다 먼저 초월고리회에 몸을 담은 선배로, 올 해 서른 중반의 사내였다.

시종일관 입가에 미소가 떠나지 않는 사람 좋은 인상의 소유자로, 실제 성격 역시 순하고 긍정적이었다.

"그럼 출발하겠습니다."

한상혁이 정중한 어투로 말하고서 버스를 몰았다.

버스는 그의 성격만큼이나 편안하게 출발해 안정적으로 이동했다.

"우와! 나 이런 건 처음 타봐!"

이건은 리무진 버스의 고급스러운 시트에 엉덩이를 튕기며 신기해했다.

리무진 버스에는 각종 음료와 간단한 주류, 그리고 과일과 간식거리들이 갖춰져 있었다.

덕분에 식탐이 강한 김기혜와 장철수는 물 만난 고기처럼 이것저것 닥치는 대로 입에 집어넣으며 행복해 했다.

다른 멤버들은 서로 수다를 떨거나 편안하게 시트에 몸을 묻고서 흘러가는 창밖의 광경을 즐겼다.

그러는 와중에도 장도민의 시선은 틈틈이 진이나의 뒷모습을 훑었다.

*   *   *

버스는 느긋하게 달려 경기도 가평의 폐건물 앞에 정차했다.

"도착했습니다. 조심해서 내리세요."

한상혁의 음성에 잠들어 있던 멤버들이 하나둘 눈을 뜨고 기지개를 켰다.

전율을 선두로 멤버들이 버스에서 하차했다.

어둑어둑해지는 하늘 아래 덩그러니 서 있는 폐건물을 보게 된 어스 뱅가드 멤버들은 벙찐 얼굴이 되었다.

"이게… 본부?"

이서진이 어처구니없다는 시선을 진이나와 한상혁에게 던졌다.

충분히 이해할 수 있는 반응이었다. 그들도 처음 본부랍시고 인도된 이 폐건물을 보며 황당함을 느꼈었으니 말이다.

"위장 건물 정도로 해두죠."

진이나가 말하며 앞장섰다.

"따라들 오세요."

한상혁이 진이나의 뒤에서 일행들을 인도했다.

폐건물 안에 들어선 멤버들 앞에 상당히 부실해 보이는 엘리베이터가 나타났다.

"설마 저걸 타라구요? 히이잉."

휴식 기간 동안 다시 우울증에 걸려 돌아온 견우리가 질색하는 얼굴로 투정을 부렸다.

"문도 없고 다 망가져 가는 것 같은데… 저거 탔다가 추락

해서 다 같이 죽으면 어떡해요오오. 흐이이잉. 게다가 좁잖아
요."

곧 숨넘어갈 사람처럼 찡찡대는 견우리를 루채하가 토닥거
리며 위로했다.

"걱정 마세요. 엘리베이터는 일곱 명씩 나눠서 탈 거고 일
점 오 톤의 무게까지 버틸 수 있으며, 무엇보다 상당히 안전하
답니다. 그럼, 내려가실까요? 이 밑에 잘 감추어진 초월고리회
의 진짜 본부로."

*　　　　*　　　　*

오늘 초월고리회의 사령실은 접견실로 변했다.

그래 봤자 전율 일행을 맞이하기 위해 분위기를 조금 바꿨
을 뿐이다.

그것은 새로운 멤버들을 받아들일 때의 관행이었다.

마스터 성과 수뇌부들이 사령실에서 각자의 일을 묵묵히
처리하며 전율 일행을 기다리고 있었다.

12명의 새로운 얼굴이 사령실에 도착하자 마스터 성은 환
한 미소로 그들을 환대했다.

"안녕하십니까, 초능력자 여러분. 이렇게 만나 뵙게 되어 영
광입니다. 저는 초월고리회 한국 지부의 리더 마스터 성이라

고 합니다. 여기서 열심히 일하는 분들은 수뇌부들로 다들 자기 일에 정신없으니 소개는 나중에 시켜 드리도록 하지요. 여러분의 인적 사항은 이미 알고 있으니 넘어가도록 할까요?"

"플라이인가 뭔가 하는 걸로 다 훔쳐봐서 알고 있는 겁니까?"

장도민이 조금 공격적으로 질문을 던졌다. 하지만 마스터 성은 전혀 기분 나빠 하지 않았다.

"맞습니다. 불쾌하셨다면 사과드리죠."

"바로 사과하니까 재미없네."

"이제 함께 손잡고 일해야 할 동료인데 얼굴 붉히는 일이 있으면 안 되겠죠. 제가 여러분에 대해 아는 것만큼, 여러분 역시 초월고리회가 어떤 집단인지에 대해서 잘 알고 계시겠죠?"

버스를 타고 오는 동안 진이나는 멤버들에게 초월고리회에 궁금한 것이 있으면 물어보라고 했다.

몇 번의 물음과 대답이 오고 가면서 멤버들은 초월고리회라는 집단에 대한 대략적인 그림이 머릿속에 그려졌다.

"그럼 본격적으로 거래에 대해 얘기해 볼까요, 전율 씨?"

마스터 성이 시야에서 다른 사람을 지워 버리고 온전히 전율만을 담았다.

"좋습니다."

"전율 씨한테 흥미로웠던 게 세 가지 있었죠. 하나는 언젠가부터 맥이 끊어진 초능력을 사용하고 있다는 것. 그것도 아주 무시무시한 위력을 자랑하더군요."

"그건 우리들 사이에서는 이능력이라고 부릅니다. 누군가 로부터 전승받았다기보다는 현재의 지구에선 시도할 수 없는 방법으로 이능력을 손에 넣었습니다."

"이능력이라… 그것을 얻기 위해선 외계 종족의 마나 하트 라는 것을 섭취해야 한다 그랬었죠?"

"그렇습니다."

"그저 섭취하기만 하면 되는 겁니까?"

"아직 거래가 끝나지도 않았는데 많은 걸 알고 싶어 하시는 군요."

"알겠습니다. 그건 추후에 여쭤보기로 하고, 두 번째, 전율 씨가 미래에서 온 사람이라는 것."

"확실하게 증명할 방법은 없으나 그냥 믿으십시오."

마스터 성이 망설임 없이 고개를 끄덕였다.

"물론 믿고 있습니다. 전율 씨 정도 되는 사내가 그런 걸로 거짓을 말할 리 없을 테니까요."

"다행이군요."

"혹시 전율 씨의 타임 슬립을 가능하게 해준 건 우리가 만 든 타임머신이었습니까?"

"맞습니다."

"당시 강원도의 숲 속 전장에서 전율 씨가 했던 말을 되새겨 보자면… 결국 지구는 외계 종족의 침략을 받게 되고 지구방위연합 어스 뱅가드가 출범하며, 우리 초월고리회는 그들에게 외면당한다고 했었죠. 하지만 결국 초월고리회에서 이능력자들을 만들어내기 시작하고 종국에는 어스 뱅가드의 중심축이 우리 손에 넘어온다고도 했구요."

"그렇습니다. 설마 어차피 그렇게 될 미래라면 우리와 손을 잡지 않아도 별 상관이 없다. 초월고리회는 어차피 존속해서 잘 먹고 잘 살 테니까… 라는 말을 하려는 건 아니겠죠."

마스터 성이 입꼬리를 말아 올리며 고개를 절레절레 저었다.

"그런 멍청한 말을 할 리가요. 전율 씨가 미래를 이미 바꿔놓았잖습니까. 때문에 모든 것은 전부 바뀔 겁니다. 게다가 우리가 전율 씨와 손을 잡지 않는다고 하면 전율 씨는 다른 세력과 손을 잡을 테고, 그들이 이능력자들을 배출할 테죠. 초월고리회는 그 즉시 와해되고 맙니다."

"괜히 떠보는 것 같은 말은 삼가주시죠."

"심기를 건드렸나 보군요. 죄송합니다. 궁금했던 마지막 세 번째. 대체 무슨 수로 한 달 안에… 초능력, 아니, 이능력자들을 백 명이나 끌어들이겠다는 거죠?"

전율이 그에 대해 대답을 하려던 때, 갑자기 마더의 음성이 들려왔다.

　[전율 님, 사령실의 아무 기기에 약한 전류를 지속적으로 흘려주십시오. 전류를 타고 메인 컴퓨터에 접속해 그들에게 재미있는 것을 보여주겠습니다.]

　전율은 마더가 시키는 대로 근처에 있던 기기판에 손을 올린 뒤, 미약한 전류를 흘렸다.

　마더는 지금보다 훨씬 앞선 미래에서 개발한 인공지능을 가진 슈퍼컴퓨터다.

　현재 초월고리회의 과학 수준이 아무리 뛰어나다 하더라도 마더의 입장에서 보자면 우스웠다.

　마더는 모든 방화벽을 깨고 메인 컴퓨터에 침투해 시스템을 모두 장악했다.

　순간 사령실에 있는 모든 모니터에 낯선 얼굴들과 인적 사항이 주르륵 떠올랐다.

　그 수가 족히 수백은 넘었다.

　"뭐야, 이거?"

　진유성이 놀라 미간을 찌푸렸다.

　박진완은 반쯤 베어 먹은 도넛을 툭 떨어뜨렸다.

　다른 수뇌부들도 개성에 따라 놀란 제스처를 취했다.

모니터를 빠르게 훑어보던 마스터 성의 귀로 전율의 음성이 들렸다.

"저들이 전부, 이능력자로 각성할 수 있는 자들입니다. 그러니 모두 잡아 오십시오."

"……!"

"그다음은 제가 알아서 합니다."

『리턴 레이드 헌터』 7권에 계속…

초대형 24시 만화방

신간 100%, 샤워실, 샤워실, 흡연실, 수면실(침대석), 커플석, 세탁기 완비

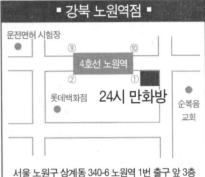
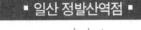
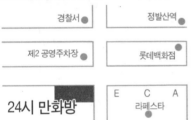
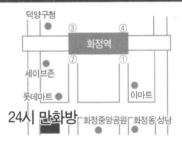
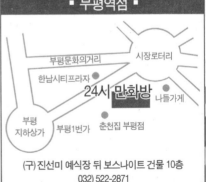

FUSION FANTASTIC STORY

성운을 먹는 자

김재한 퓨전 판타지 소설

『폭염의 용제』, 『용마검전』의 김재한 작가가 펼쳐 내는
이제까지와는 전혀 다른 새로운 이야기!

『성운을 먹는 자』

하늘에서 별이 떨어진 날
성운(星運)의 기재(奇才)가 태어났다.

그와 같은 날,
아무런 재능도 갖지 못하고 태어난 형운.
별의 힘을 얻으려는 자들의 핍박 속에서 한 기인을 만나다!

"어떻게 하늘에게 선택받은 천재를 범재가 이길 수 있나요?"
"돈이다."
"…네?"
"우리는 돈으로 하늘의 재능을 능가할 것이다."

Book Publishing CHUNGEORAM

유행이 아닌 자유추구
WWW.chungeoram.com

FUSION FANTASTIC STORY

임영기 장편 소설

바람의 마스터

Wind Master

중국집 배달원으로 평범한 삶을 살던 한태수.
음식 배달 중 마라톤 행렬에 휩쓸려
하프마라톤을 뛰게 되는데…….
늦깎이로 시작한 육상에서 발견한 놀라운 재능!

과거는 모두 서론에 불과할 뿐,
이제부터가 본론이다.
두 눈 똑똑히 뜨고 잘 봐라.
내가 어떻게 세계를 제패하는지…….

남은 것은 승리와 영광뿐!

Book Publishing CHUNGEORAM

유행이 아닌 자유추구 -
WWW.chungeoram.com

이계진입
리로디드

임경배 퓨전 판타지 소설

FUSION FANTASTIC STORY

『권왕전생』 임경배의 2015년 신작!

『이계진입 리로디드』

왕의 심장이 불타 사라질 때,
현세의 운명을 초월한 존재가 이 땅에 강림하리라!

폭군으로부터 이세계를 구원한 지구인 소년 성시한.
부와 명예, 아름다운 연인…
해피엔딩으로 이야기는 끝인 줄 알았건만
그 대가는 지구로의 무참한 추방이었다.
그리고 10년 후…….

"내가 돌아왔다! 이 개자식들아!"

한 번 세상을 구한 영웅의 이계 '재'진입 이야기!

Book Publishing CHUNGEORAM

유행이 아닌 자유추구 -
WWW.chungeoram.com

paráclito

빠라끌리또

FUSION FANTASTIC STORY

가프 장편 소설

막장 비리 검사가
최고의 검사로 거듭나기까지!
그에겐 비밀스러운 친구가 있었다.

『빠라끌리또』

운명의 동반자가 된 '빠라끌리또'가 던진 한마디.

-밍글라바(안녕하세요)!

그 한마디는 막장 비리 검사, 송승우의
모든 것을 통째로 리뉴얼시켜 버렸다.

빠라끌리또=Helper, 협력자, 성령.

Book Publishing CHUNGEORAM

유행이 아닌 자유추구 -
WWW. chungeoram.com

철백 新무협 판타지 소설

FANTASTIC ORIENTAL HEROES

大武

대무사

피와 비명으로 얼룩진 정마대전의 종결.
그리고…

"오늘부로 혈영대는 해산한다."

혈영대주 이신.
혈영사신(血影死神)이라고 불리는 그가
장장 십오 년 만에 귀향길에 올랐다.

더 이상 전쟁의 영웅도, 사신도 아니다!

무사 중의 무사, 대무사 이신.
전 무림이 그의 행보를 주목한다!

Book Publishing CHUNGEORAM

유행이 아닌 자유추구 -
WWW.chungeoram.com